さらば
勇者だったキミのぜんぶ。
GOODBYE, MY BRAVER
ハセガワケイスケ
Illustration＝縣

「遠慮なんかしてると死んじゃいますよ？」
「え？　え？　え？　え？　え？　えーッッ!?」

ユーリ・オウルガ
YURI AURGUS
かつて世界を救った勇者。
今は記憶を
失ってしまっている。
アーロン・ホッジンズ
AARON HODGINS
元勇者パーティーの騎士。
ある理由から
リノンを探している。
リノン・ヴィータ
RINON VITA
元勇者パーティーの女戦士。
勇者を異常に
敬愛している。

さらば勇者だったキミのぜんぶ。

GOODBYE, MY BRAVER

ハセガワケイスケ

Illustration＝緜

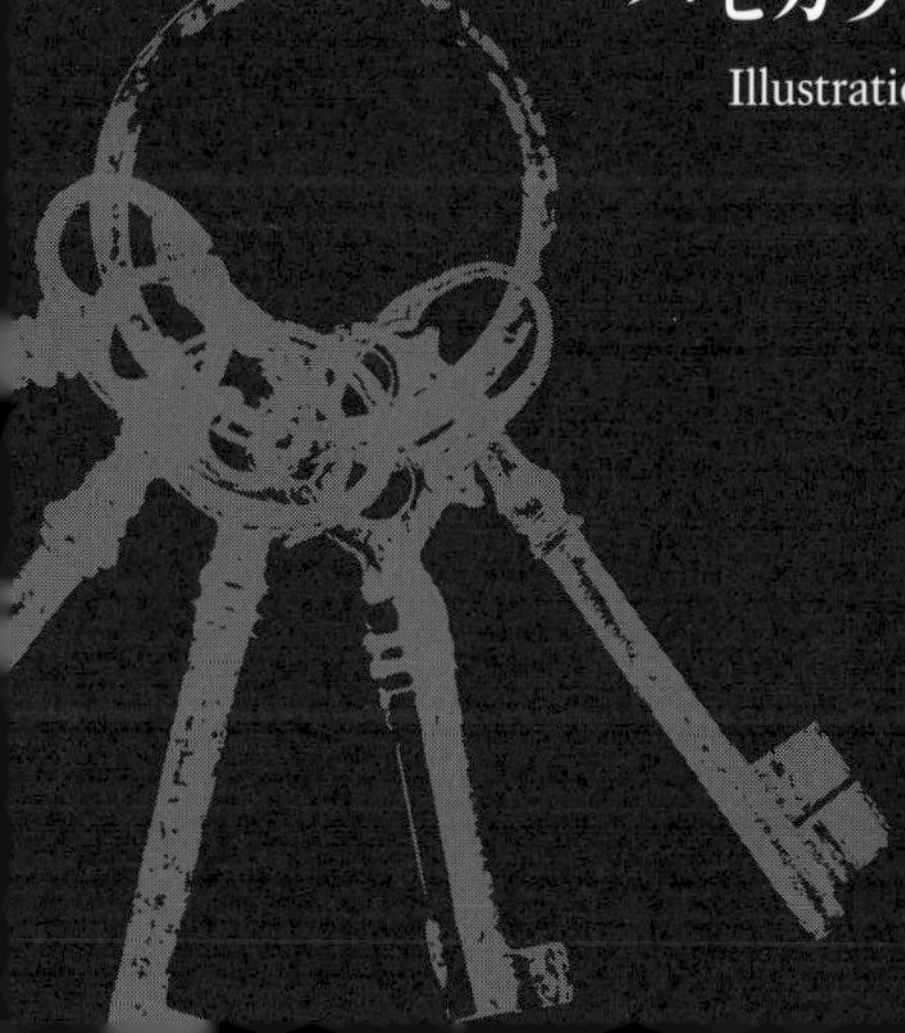

CONTENTS

Design:Donut studio

プロローグ『希望のほうまで。』
prologue: beyond the desire

†

うっすらとした意識のなか、目を開いた。
あちこちから黒煙が上がってる。
何も見えなかった。
身体《からだ》に力をこめる。
左手が短刀《ナイフ》の柄《つか》を握っている。
鞘《さや》から引き抜こうとするが、鍵がかかってるみたいにまるで抜けなかった。
もう一度目を閉じる。
見えているモノではない、頭のなかにあるイメージ。
ちいさな巾着《きんちゃく》錠《じょう》だった。
手に鍵を持っている。
ただし、その鍵はとにかく膨大で束になっていた。

「コレだ」と一本、束のなかから鍵を選んだ。
鍵を錠に挿した。
廻《まわ》す。

——ガチャン。

鍵の開く大きな音がした。
再び目を開く。と同時に目が覚める感じだった。
覚醒《かくせい》のときだ。
鞘から引き抜いたナイフを手にしていた。
目覚めたばかりのように視界はぼんやりだったが、頭のなかははっきりしている。
やらなくてはならないことをやるだけだと。
視線の先、ふたりの〝相手〟がいる。
そのふたりに、手のひらをかざすと、
ふたりが見えない何かにブン撲《なぐ》られたようにブッ飛んだ。
「詠唱《えいしょう》なし!?」
「法具か?・」

ふたりは混乱を口にした。

自分たちが何をされたのか理解できなかった。

そして、その瞬間にはもう——相手は負けていた。


本能が恐れる。

それは——〝勇者〟の覚醒のはじまりだ。

誰も知らない。

得体の知れないチカラ。

〝勇者〟だけが使う特別な《魔法》は、すべてを凌駕《りょうが》していく。

それは、いまの《勇者》がかつての〝勇者〟として《鍵》を開けた瞬間だった。

だって、

「あの魔王を討《う》った、勇者さまですから」

三階建ての屋根の上で、それを見ていた《カノジョ》は笑っていた。

ひどく綺麗《きれい》に笑っていたんだった。

第一話『最後のような最初の物語り。』

track.1: The Irony of Fate

†

「ボクの名前はユーリ・オウルガ！　十四歳！　ボクの名前はユーリ・オウルガ……！　十四歳！　ボクはユーリ・オウルガ……――!!」

何度もくり返す。

おまじないの呪文《じゅもん》みたいに。

自分自身の名前《こと》を口に出して音にする。

ユーリ・オウルガ。十四歳。十一月之国《じゅういちがつのくに》にある片田舎《かたいなか》、ちいさな村に生まれ育った。

特筆する事柄は何もないけど、のどかでのんびりとした悪意や争いとは無縁の場所。

そんなところで生まれた子供たちは、そのまま一生を村で平和に暮らすか。

または、十五歳になったら夢や希望、もしくは現実的なアレコレを小脇に抱《かか》えて、街や都市部を目指す。

ユーリももうすぐ十五歳になる。

「十五になったら村を出よう」

とか漠然《ばくぜん》と考えていた。

「べつに村の暮らしに厭気《いやけ》がさしたんじゃないけど、」

何かやりたいことや叶《かな》えたい夢があるワケでもなく、近年の村の若者といえばそういう流れができつつあった。

「だからって、――なんなんだよ、コレ……!?」

ユーリは走っていた。

暗闇のなかを裸足《はだし》で走っていた。

裸足ぐらいだったらまだいいが、下着だけを身に纏《まと》った半裸――ほぼほぼ裸だった。

無我夢中でどれくらいいたっただろう。

実際は走るほどの速度ではなく、ただただだいまにも倒れそうな様子でふらふらと彷徨《さまよ》ってた。

傍《はた》から見れば、その様が――屍《しかばね》が肢体《したい》を引きずってウォーキングしてるとも。

そんなありえない表現が当てはまるほど、ユーリには、すべてがちぐはぐに感じられていた。

身体がひどく重い。

目が覚めたときから全身の倦怠感《けんたいかん》。と思ったが、手も足も、身体のすべてが――自分のモノじゃないみたいだった。

自分の身体との意思疎通《いしそつう》ができない。まるで他人の身体を借りてるような違和感だ。

「——ようやく見つけました！」

暗闇から、背後から突然声が鳴った。

「うぁああああああっ!?」

驚きのあまり、ユーリは前のめりにズザザザーッと地面に滑りこんだ。

顔面をしたたか打ちつけ、半裸状態の身体を土砂小石などにこすりつけてしまった。

口のなかに大量の砂や、土埃《つちぼこり》が入ってきた。

カビ臭い、鉄の味がした。

「大丈夫ですか、——〝勇者〟さま」

なんとものんびりとした覇気《はき》のない声が頭の上から降ってくる。

「……ユーシア・サマー……？」

ダレ？　名前？　いやダレ？

ユーリはそれが自分のことだとはツユほども思わなかった。

倒れたときの衝撃か、びっくりして腰が抜けてしまったか、腕にも力が入らずユーリは顔だけを声のしたほうへ向けた。

そのひとがすぐ傍《かたわ》らにしゃがみこんで、こっちを見ていた。

足もとに置いたランプの光にぼんやりと、そのひとの様子が見えた。

ひどく穏やかでやさしい笑みを浮かべてる。

とてつもなく綺麗《きれい》なひとだった。

「〃勇者〃さま、目覚めたばかりですよ。お身体に障ります。お屋敷に戻られたほうが……」

そのひとは、間の抜けた感じとも違う、お芝居とか科白《せりふ》を棒読みするのともちょっと違う、感情がないというのとも違う——なんとも表現しにくい独特な『間』とイントネーションがある口調で言った。

というか話し方が問題じゃない。

『〃勇者〃さま』だって？

ユーシア・サマーじゃなく？

誰かほかの、べつのひとのことじゃなく。

「ごめんなさい……」

ユーリはぽつりとこぼした。

だって、ボクは〃勇者〃じゃないから。

「どうして〃勇者〃さまが謝罪するのですか？」

としかし、そのひとは微笑《ほほえ》みを返してきた。

この綺麗なひとは、何か勘違いをしてる。

——どうして、ボクのことを勇者なんて呼ぶんだろう。

「……ごめんなさい……」をもう一度。

ユーリはくり返した。

「ボクは、あなたの言う『勇者さま』じゃない。……………です」

そう言うと、さすがにそのひともちょっとだけ困った顔になったが、でもまた微笑んだ。

「大丈夫です、勇者さま。まだ目覚めたばかりで混乱されていらっしゃるだけですから。魔法使いさまによれば、あれほどの魔王と過酷な戦いをつづけた代償だと。傷ついた心と身体を護るために、勇者さまみずから眠りについたのでは？　と言っていました。きっとそうなのでしょう」

そのひとは早口でまくし立ててそして勝手に納得する。

ユーリの目の前に、手を差し伸べてきた。

「起きてください。お屋敷に戻りましょう」

「屋敷に戻る……？」

小蝿《こばえ》の羽音よりもちいさい声でユーリは訊《き》いた。

「ええ、そうです」

目の前の手を取ると、そのひとは花車《きゃしゃ》な腕からは想像できない力で、ユーリを地面から引っ張り上げる。

ユーリの身体がすこし地面から離れると持ち上げた腕のなかにするりと身体をすべりこませてきた。

肩を貸すようなカタチでユーリを支え、立たせてくれた。

「あ、ありがとう……ございます」

「礼など、もったいない」

そのひとはぷるぷると首を振った。

髪が揺れる。

ふわりとやさしいあまい香りがした。

その匂いのせいで、これはもしかして「夢なのかな？」と思ってしまった。

地面にすべりこんで派手に土煙をあげたほどなのに、何故かそれほど身体が痛くない。

顔をぶつけて、ほぼ半裸で、ムキ出しの土壌の上に身体を打ちつけ、すべらせたのに。

夢のなかなら、いきなり身体が鋼鉄みたく頑丈《がんじょう》になったりとかはあるだろうけど。

それに——ユーリはもう半裸状態でもなかった。

いつの間にか、ケープで身体が覆われている。

おそらく、肩を貸してくれているそのひとが自分が着ていたモノを羽織らせてくれたんだろうけど。

ほんと、いつの間に？

「きみ……あ、いや、あなた……いったい、誰なんですか？」

極上の美人にいきなりタメ口ってのも格好つかない。

「ごめんなさい。ボク、のこと知ってるみたいな口振りだけど……ボクは、その、あなたのことを……知らない、です……」

やや間があった。

「……ああ、そう……そう、ですよねっ！　勇者さまがわたしのことなんて」

あいかわらずの独特な調子の話し方のせいで、感情がうまく伝わってこない。

しかしその口振りからは、やはり――ユーリのことを知ってるんだと判った。

「わたしは、リノン。リノン・ヴィータです」

そのひと――リノンが名を名乗った。

が、それでもやっぱり、ユーリにはまるでぴんとこない。

まったく聞き覚えのない、はじめて耳にした響きの名前だった。

でも、このひとはボクのことを知ってる？

リノンはユーリを支え歩き出す。

花車な体軀《たいく》からは想像できないが、脱力したユーリを支えてもその姿勢はくずれず背筋はまっすぐに伸びている。

「何度かごいっしょしているのですが、あのときは本当に異常で異様な状況でしたし、パーティにもたくさん人員がいましたから。仕方ありません」

言って彼女は首を振ったが、責められてる気分で申し訳なかった。

それでもリノンのことを欠片《かけら》ほども思い出せない。

こんな綺麗で、特徴的な喋《しゃべ》りをするひとを忘れようがないのに。

ずっと初対面の感覚のままだ。

「足もとにお気をつけください」

リノンはユーリを支えるのとは反対の手でランプをかざす。

灯りがともっていても数メートル先は吸いこまれそうな黒い闇が広がってる。

背筋がぞっと凍る思いがした。

けど、身体を支えてくれるリノンの体温がケープ越しにあったかかった。

土を踏む音が、よっつ。闇に溶けずにずっと耳の奥にまとわりついてくる。

リノンの持つランプのせいか、暗闇にいつまでたっても目がなれない。

「いや、となりにいる彼女があまりにも美しく眩《まぶ》しいせいだ」

なんて、ジョークは思いつくはずもなく。

ユーリは、彼女の身体の花車なのにやわらかい感触に意識が向かないように意識をそらした。

裸足で踏みつけた地面を、固い土や小石や落ちた枝や葉を足裏が大袈裟《おおげさ》に感じる。

よくまあ、裸足でこんな荒れたところを走ってきたと思う。

やってきた道のりは覚えてないけど、たぶん、ユーリがやってきたほうへ戻ってる。

じゃあ、なんで走ってたんだっけ？

逃げてた？

ボクハ何カラドウシテニゲテイタ？

判らなくなった。

これは夢か現《うつつ》か。

幻かマヤカシか。

「あ、あの、リノン、さん？」

何を訊いたらいいか判らないけれど、いま頼れるのは傍らの女性だけだ。

「はい、なんなりと」

「此処《ここ》は何処《どこ》、です？」

まずは自分がいまいる場所について。

「ここは雑木林ですよ。お屋敷の裏にあります」

「お屋敷、っていうのは？」

「ああ、そうですね。そうでした。お屋敷にいらっしゃったのは、勇者さまが眠りについてからでしたね」

勇者というのは、やっぱりユーリのことなんだろう。けど、まるで自分のことに思えない。

「お屋敷は、国王さまから勇者さまのご活躍への褒美《ほうび》にと。それと静養のため島ごと贈られたものです。以前は王家の方々が狩り場としていたところです。お屋敷も元々は別邸《べってい》としてはもちろんですが、狩りの拠点としても建てられたそうですよ」

島ごととか、国王とか、なんともスケールの大きな話だ。

やはり、ユーリに自分のことだという実感はない。

それよりもなによりも、

「なんで——ボクのこと〝勇者〟って呼ぶの……？」

夢のなかにいるみたいで、ふわふわとしている大きな一因。

一番の疑問をユーリは口にした。

自分が勇者？　というあまりにも突飛で現実感のない呼称だから、ユーリも無意識にちょっと半笑いになってた。

「フフフ。もちろん、それはあなたがこの世界を救った〝勇者〟さまだからです」

リノンには、ユーリがジョークで自分自身のことを訊いたと伝わってしまったらしい。

しかし、ユーリにとっては、

「世界を……？　ボクが……？」

ジョークじゃなかった。

リノンが言う『世界を救った』というのが、まるでまったくぜんぜんすこしも自分に響かなかった。

「フフ、お忘れになられましたか？　二年もの長き旅の果てついにあの強大なる魔王を討伐《たお》し、長い戦いを終わらせたんです！　勇者さま、あなたがあの魔王から世界を救ったんですよっ！」

これまで淡々としていたリノンが、ちょっと熱っぽく語ってるのが判った。

それでもまだユーリがジョークを言っているとでも思ってるらしい。

やっぱりこれは夢かなにかなんだろうか。

森の妖精にイタズラでもされて、幻を見させられているんだろうか。

ボクは、実は、まだ眠っているのでは？

そう思えてくる。

というか、そう思いたいし、そうとしか思えなくなってくる。

リノンの話はユーリのなかで何ひとつ引っかからない。

他人の話を聞かされてるように感じるのに、でも彼女はユーリについて、ユーリに向けて話をしている。

リノンが話すユーリの《過去》の話。

まるで身に覚えのない想い出話。

頭のなかに靄《もや》がかかってるみたいだった。

頭が重い。

身体が重い。

〝何か〟考えるべきことがある。思い出すべきことがある。

だけど、思い出せない。思い出せる気もしない。

ユーリは考える気力もなくなりつつあった。

――魔王？　勇者？　世界を救った？

――何を言ってるんだ、このひとは……？

そんな気持ちになってくる。

あまりにも荒唐《こうとう》無稽《むけい》で、バカみたいな話だ。

ボクが勇者なんて。

『勇者』だとか『魔王』だとか『戦争』だとか、ユーリにとって遠くの世界のことだ。

リノンはまるでそれらが《過去》だというふうな口振りだった。

なんで、ボクは此処に居るんだ？

ボクはどうして村にいない？

「なんで、ボクはこんなところに……？」

「それは勇者さまが、魔王を打倒し、」

「村はどっち？」

ああ、そうだ。ボクは村へ帰ろうとしたんだ。

平和すぎて穏やかすぎて、何も起こらなくて、退屈で息が詰まりそうになることもある。

あの村へ。

だから、こんなところを闇雲《やみくも》に走っていた。

「村とは？　勇者さまの故郷のことでしょうか？」

リノンはきょとんとした。

「そう、十一月之国の、一面クソミドリの、クソ田舎の村……、」

「クソとかどうとかは聞かなかったことに。――はい。もちろん存じあげております。勇者さまのことなら、わたしはなんでも知っているんです」

言って、リノンは声を弾ませている。

彼女には誰よりも〝勇者〟について詳しい情報を持つという自負があった。

「じゃなくて、じゃなくて……！」

ユーリは焦《あせ》ってきていた。

つーっと冷たい汗が伝ってくる。

訊きたいことが彼女の口から返ってこない。

何を訊いたらいいのか、自分でも判ってない。

いや、そうじゃない。それを訊くのを心の何処かで怖がっている。

真実。というのは、いつでも正しいワケじゃない。

ユーリの質問とリノンの答え。

質問すればするほど、答えが返ってくればくるほど、齟齬《そご》が広がってく。

話が噛《か》み合《あ》わない。

話がすれ違ってく。

冗談みたいに。

ユーリが自分の状況を把握できていないように。

リノンはユーリの内側で起こっているアレコレを知る術がなかった。

「判ってよ」

というのは、無理がある。

ユーリが思うユーリ・オウルガとリノンが知っているユーリ・オウルガは——違っているからだ。

「いったい何処なの？　林だとか森だとか、お屋敷がどうのこうのじゃなく」

「どうされたんですか？」

「ここは何処？　何処にあるなんていう場所？」

「ああ、そういうことですか。申し訳ありません。わたしったら勇者さまがお目覚めになったことに舞い上がってしまいました」

リノンはうやうやしく言って、

「此処は、四月之国《しがつのくに》。——エイプロディーテ国王陛下が統治する首都ディーテ。……から、やや遠方にある島です」

答えた。

「……四月之国……？　十一月之国じゃないの……？」

村のある十一月之国から四月之国までは、山を越え谷を越え山を越え谷を越え山を越え、砂《さ》漠《ばく》を越え——……とかユーリには想像できない距離があるはずだ。

つまり、此処からユーリの村は、震えるくらい遠く離れてる。

「嘘《うそ》……？」

「わたしが〝勇者〟さまに嘘などつくはずがありません」

リノンはにっこりと微笑んで、上目づかいでユーリを見る。

「なんで、ボク、……こんなところに……？」

リノンに支えられていたユーリの足が止まる。

「まだ混乱されていらっしゃるのですね。判ります。強い意志と決意をもって故郷を離れ二年……。一ヶ月が三十日、二年で——七百八十日。つらく険しい戦いをようやく終え、故郷に帰ることができる——勇者さまが倒れられたのは、その矢先でしたから……」

過去を言いよどむリノンに、

「二年……？　倒れた……？　いったい……ボクに何が起こってるの？」

ユーリは『現在進行』の自分について問う。

自分の身にいったい何が起こったのか。

何がどうなってるのか。

「倒れてから今日まで。一年もの間眠りつづけたんです、勇者さまは」

リノンが呼びかけてくる。

「勇者……それは、〝ボク〟のこと?」

「はい、もちろん!」

リノンが頰《ほお》を紅くしてうなずいた。

「ボクはただの子供だ」

としかし、ユーリは大きく頭を振った。

村を出て都会で働くとか漠然とした願望だけで、たいそうな夢も大きな希望も特にはない。

「違います。すべての国々に、生きとし生けるものすべてに、夢と希望を与えることができる。それがあなた——勇者さまです!」

「違う。ボクは〝勇者〟なんかじゃない……!」

「いいえ、あなたは——あなたこそが〝勇者〟さまです!」

頭を振るユーリに対し、きっぱりとリノンが断言する。

ユーリは困惑するばかりだった。

「いや、でも、だって、ボクは、きのう……」

記憶ではつい《きのう》ユーリは生まれ育った村にいたはず。

なのに。時間はもっとずっと流れ過ぎていたんだった。

「魔王によって暗闇に等しい世界となったなかで、勇者さまは人々の〝光〟になりつづけました。しかし二年におよぶ長い戦いでその心も身体も傷ついていた……。わたしも誰もそれに気づけなかった。あんなにもお慕いしていたのにわたしでさえも……。そしてあんなことが……」

哀《かな》しみ色の瞳が灯火に揺れる。

「あんな……こと？」

「はい」

リノンは言葉を紡ぎ出す。

「一年前。魔王討伐《とうばつ》後《ご》、あまり時間も経ってないあの日。国王陛下による魔王討伐の祝賀行事の最中、宴《うたげ》の会場から勇者さまの姿が消えました」

その後ろ姿を追って、リノンは会場から出た。

しばらく周囲を捜《さが》し廻って、

「ようやく、わたしが、そのお姿を見つけたときには、もう……勇者さまは意識を失い、倒れて……」

「それから、ボクは……？」

「はい。あの日から一年、眠りつづけ、そして本日、勇者さまはお目覚めになったんです！」

「……ん、ということは、二年、プラス一年……ボクはいま、十四歳だから……？」

こんがらがってきた。頭が廻らない。

「十四歳？　いえいえ、」

リノンは首振った。

ユーリがまだ混乱していると思っている。

《自分の年齢》を間違えているんだと。その様子が微笑ましいと。

「フフフ。たしかに。勇者さまが《勇者》として覚醒したのは十四歳のとき。それから二年の旅を経て、一年も眠りつづけていらっしゃいましたが、現在勇者さまは〝十七歳〟です」

「じゅ、じゅ、十七!?」

ユーリは、地面がぐにゃりと歪《ゆが》んだような錯覚を覚えた。

眩暈《めまい》がして、もんどり打って倒れそうになった。

「勇者さまっ」

とっさにリノンがユーリを身体ごと受け止めた。

ユーリはリノンに抱きとめられた、その腕のなかで身をちいさくした。

全身に力が入らない。

「こんなこと、って……？」

腕に、手に力が入らない。指尖《ゆびさき》が震えている。

よく見れば、その震える手は、ユーリの記憶にある『自分の手』と違う。

指尖が長く、手の平も大きくなっている。

そこにあったのは『十四歳』のユーリ・オウルガではなく『十七歳』になった勇者ユーリ・オウルガの手だった。

「こんなことって……!?」

起こるのか?

夢か現か。

幻や妖精に誑《たぶら》かされたなら、いっそそれで構わない。

これは夢や幻のほうがいい!

あまりにもバカバカしくて、バカげてる。

誰かが描《えが》いた物語りなら、超駄作すぎる。

「勇者さま……?」

あきらかに様子のおかしいユーリの顔を、リノンが不安げにのぞきこむ。

赫《あか》いランプの灯りに照らされていても、ユーリの顔が蒼白《そうはく》になってるのがひと目で判る。

「勇者さま、もしか、いえ、やはり——覚えてらっしゃらないんですか?」

ようやっと、リノンが違和感に気がついた。

ずっとユーリとの会話は噛み合ってなかった。

ただ。盲目的に心酔する勇者の帰還に沸《わ》き狂《くる》っていたために気づいていたのに、気づかないフリをしていた。
だけど、拭《ぬぐ》えない違和感に戸惑うリノン。
それ以上に、ユーリが自分自身の違和感に戸惑っていた。
恐怖を覚えた。
「覚えて……ない？」
ユーリは理解した。
なるほど。ああ、そうだ。そうなんだ。

——自分で、自分が、

——思い出せない。

——ということをようやくユーリは認識した。

†

時間はすこし巻き戻り、ユーリが長い眠りから覚めてすぐのことだ。

遠くで誰かの声が鳴っていた。

泣いているのか。

それとも笑ってるのか。

判らなかった。

けど、それは自分のことを呼ぶ声だった。

誰かは判らない。

でも。

それは、たぶん――


「ここは……。――何処……!?」

目が覚めたとき、ユーリが最初に見たのは、見知らぬ天井だった。

薄いカーテンがかかった大きな窓硝子《まどガラス》からは、ナナメになった赫紫《あかむらさき》の太陽光線が部屋のなかに注がれていた。

いつもの天井は、いつどうやって付着《つい》たのかも判んないシミや汚れがある。

なのに、見上げた天井にはまったくない。

寝返りを打つのにも気をつかう狭いベッドじゃなくて、巨人が寝返りを打っても大丈夫なくらいに大きなベッド。

嘘みたいに滑《なめ》らかなシーツに、身体の一部みたいに肌にやさしいブランケット。シンプルだけど見事な装飾がされた家具、調度品。

目に映るすべてが――まるで、夢のなかにいるみたいに現実感のない視覚的情報ばかり。

身体が鉛みたいに重く、動く度《たび》に全身が軋《きし》む。

うまく身体が動かせない。動かない。

「つと、」

とりあえずベッドから出ようとした。

が、うまく身体がコントロールできない上にシーツが滑らかすぎて、ベッドから滑《すべ》り落ちた。

「ぐ……っ！」

仰向《あおむ》けに頭から床に落ちた。

ダメージはない。無意識に受け身を取ったのもあるが、それよりもベッドの周囲に重厚な絨《じゅう》毯《たん》が敷かれてあったせいだ。

異常にふかふかな絨毯は、雲の上にいるみたいな感覚がして足がすくんだ。

こんなのはユーリの家にはない。

田舎村の強風で飛んじゃいそうな一軒家。

たとえば。村でこんな高価な品を所有してるのは、村長くらいだろう。

でも、ここは村長の家じゃないはずだ。

いくら村長でもたかが寝室がこんなにも過度に広くない。

寝具ひとつ置くには意味不明なほど広い部屋。

「じゃあ、ここは何処なんだ?」

だだっ広い部屋。

大きすぎるベッドがひとつ。

無駄な空間。

無駄に凝《こ》った調度品。

半裸状態のユーリは、家具っぽい何かをあさったが、まともに着られそうなモノはなく。というか、服だという認識が追いつかない高貴な服ばかり。

目覚めてすぐだからか、思うように動かない身体と思考のせいか、現実離れした世界観の部屋のせいか、その全部か、ユーリは一度ベッドまで戻って滑らかすぎるシーツを手にした。

シーツを羽織る。とりあえず、半裸状態は回避した。

「それにしても、スベスベすぎる……」

肌に触れたシーツの話。

「なんなんだ……?」

夢か現か。

窓の外。夕焼けの赫紫《あかむらさき》が嘘みたいな空間の現実感をより一層削《そ》いでいる。

広すぎる部屋で、扉《ドア》までが永遠みたいに遠く感じた。

思い通りにならない自分の身体をなかば引きずって、扉までたどり着く。

「これは扉か?」と思う装飾過多な様のそれを押したり引いたりして廊下に出た。

部屋の外もやはり、絢爛豪華《けんらんごうか》な様子で、現実感が削がれる。

音もないくらいに静かだった。

遠くで微かに鳥たちの啼《な》く声が聞こえたが、ユーリの村のガサツに穀物をあさる小鳥たちとは違う、品のある啼き声に聞こえる。気のせいだが。

「出口は何処だ?」

廊下が前後にクソ長い。どっちが前でどっちが後ろだ。

「ボクはどっちに進めばいい」

廊下の真んなかで、ユーリは立ちつくした。

呆然《ぼうぜん》と廊下の大きすぎる窓の外を見ていた。

それで、廊下の奥のほう、遠くから近づく人の影に気づけなかった。

そして、その人物《ひと》がこちらの存在に気がついた。

手にしていた派手な花が生けられた花瓶《かびん》を落っことす。

——ガシャン。

と陶器の花瓶が爆《は》ぜて、その音で、ユーリはわれに返った。

花瓶を落とした人と目が合う。
「――ユーシア・サマーっ!?」
とそのひとは、幽霊でも見るみたいな目で大声で叫んだ。
その男性《ひと》は、この屋敷の使用人だった。
そんなこと知らないユーリは、
「わーっ!!」
大声を上げた。
腰が砕けそうになり、ユーリは、廊下に尻餅《しりもち》をついた。
思い通りに動かせない身体をひねって、四《よ》つん這《ば》いで使用人に背を向ける。
転がるようにその場から、逃げ出す。
何故《なぜ》か、
「……に、逃げなきゃ!」
そんなふうに思ってしまった。
自分は此処に居る理由が判らなかった。
場違いだと思った!
知らないひとに見つかった!
転げ回りながら、廊下を進む。

うしろを振り返る余裕はなかった。

使用人は追いかけてこなかった。〝誰か〟を呼びに行った。

ユーリは長い廊下の角を曲がる。

また廊下が長く向こうへつづいている。

そして、その奥の奥に人影が見えた。

もしかすると、ただの柱の影だったかもしれないが、ユーリはとっさに、窓に張りついた。

逃げ道はもう、開いた窓しかない！

そう思った。

ユーリは、窓硝子にしがみつき、窓枠《まどわく》によじ登る。

「うわ……！」

思いのほか高かった。

ここは建物の二階。

でも、自分の家の屋根から飛び降りるのと変わらない。

と、思ったが、

「や、やっぱ高い……!!」

腰が引けた。

が、廊下の奥から人の声が聞こえた気がした。

「ユーシア・サマー……！」

何を言っているのか、判らなかった。

が、このままでは——捕まる！

と思った。

いま自分がどんな場所《ところ》にいて、どんな状況に陥《おちい》っているのか、まるで理解できてないけど、捕まったら、

「あーして、こーして、あーされ、こーされ……！」

縛り上げられつるし上げられ棍棒《こんぼう》で撲《ぶ》たれ鋭い針で刺され焼き印を押され水責めされ最終的には土に埋められ……！

そんな想像が一気にユーリの脳裏を駆け抜ける。

ユーリは、もう飛ぶしかなかった！

窓枠を蹴って——という感じではなく、重い身体のせいでほとんどただ落下した。

「うわぁあああああぁぁぁあっ！」

宙に躍り出す。

地面に着地し、そのままの勢いで転がる。

思いのほか、地面に叩《たた》きつけられても痛みはなかった。

ベッドから落ちたときみたいに絨毯はなかったが、落ちたのが手入れの行き届いた生け垣

だったのが幸いした。

それだけじゃない。

この身体は、こんなことでは動じないほど頑丈《がんじょう》だった。

でも、ユーリは覚えてない。

自分が——かつて勇者だった。

ということも。


「〝勇者〟さまだ……！」

飛び降りたユーリのうしろ姿を二階の窓から見送る使用人。

そのとなりに、

「ほんとうのほんとうに〝勇者〟さま、なんですよね……!?」

見目麗《みめうるわ》しいひとが、同じくユーリを目で追いかける。

「あ、ああ！　そうだ！　間違いない！」

使用人がうなずく。

「ですよね！　そうですよね！」

その見目麗しいひとも同じようにうなずく。

「勇者さまが――お目覚めに……！」

そのひとは――リノンは大きな瞳をランランと輝かせる。

心が踊り狂う。

勇者が眠りに落ちて約一年が経《た》とうとしていた。

†

そして、今日。

「勇者さま、お屋敷に戻りましょう」

リノンが言った。

「お目覚めになったばかり。きっと混乱してらっしゃる。記憶もいずれは……」

微笑みながらリノンはあえて楽観的なことを口にする。

リノンが手を伸ばして、ユーリの手をつかんだ。

彼女の花車な指先とか伝わってくる温度とか、そんなのを感じる余裕もなかった。

手を引いて、ユーリを導こうとする。

雑木林を、森の闇のなかを進んでいく。

ユーリは、自分の記憶を思い出そう、覗《のぞ》きこもうとする。でもそこにはぽっかりと口を開けた大闇しかなかった。ただの空洞。

ユーリの意識はそこに吸いこまれそうになる。

「ダメだ……！」

ユーリはリノンの手を振り切った。

「勇者さま？」

手を解かれ、リノンはランプを掲《かか》げユーリを見た。

そこは森を抜ける寸前だった。

もう出口は見えているのに。

向こうにある屋敷の灯りが視界に入っているのに。

このまま闇に吸いこまれてしまいそうな気がした。

「勇者さま、さあ」

リノンが手を伸ばす。

「勇者じゃない！」

ユーリは声を張り上げた。

「ボクは！　ボクは、勇者なんかじゃあ、ないんだよ……!?」

だって、ボクだ。

ボクなんだよ？

「ボクは……ユーリ・オウルガだ。ユーリ・オウルガなんだ……」

自分の名前を口にする。

そうじゃないと自分が自分でいられないような気がした。

「いいえ、あなたはまぎれもなく勇者さまです」

ランプの灯りに照らされるリノンは大きな瞳をランランと輝かせ、真っ直ぐにユーリを見据《みす》える。

「かつて、ただの少年だった記憶と、勇者だった記憶が綯《な》い交《ま》ぜになって混乱を引き起こしているんです」

「違う、そうじゃない！」

ユーリは大袈裟に首を振る。

顔は蒼白、膝が笑っていまにも地面に崩れ落ちそうだった。

「そうじゃないんだ……。知らない……きみの言う勇者のこと……自分のこと……、ここが何処なのか。なんで、こんなところにいるのか。全部、全部判らないんだよ……！」

「だから、それは混乱して、」

「違うんだよ……!!　思い出せないんだ、そんなこと、勇者がどうとか……。それって、本当にボクなの……？」

リノンが一歩、ユーリに近づく。

「あなたは勇者です。――ユーリ・オウルガ」

彼女ははっきりと言った。

「わたしが一番それをよく知っている。いえ、ずっと勇者さまのことを見てきたわたしだからこそ、あなたが勇者だと言えるんです。あなたがあの魔王を討《う》った」

自信に充ち満ちた表情でリノンは、また一歩、ユーリに近づいてくる。

微笑んではいるが、その目は笑ってない。

その目がこれは冗談なんかじゃないと言っている。

本気の本気。嘘偽《いつわ》りのない、一切《いっさい》の曇りのない瞳だ。

その黒目がちな瞳がまっすぐにユーリを捉《とら》えて離さない。

瞳の真剣さが、本気さが、怖かった。

これが、この状況が嘘でも幻でもなく、リアルだとユーリに示唆《しさ》する。

ニゲラレナイ。

コレハゲンジツダ。

ユーリは一歩、あとずさる。

リノンが一歩、踏みこんでくる。

ユーリは一歩、あとずさる。

リノンが一歩、踏みこんでくる。

「大丈夫、勇者さま。わたしがついています」

言って彼女は微笑んだ。

綺麗に笑った。

「……なんで、なんで、そんなにボクを……？」

「さあ、勇者さま……」

また、彼女が手を差し伸べる。

「ボクは勇者じゃない」

「いいえ、勇者さまです」

「ボクは勇者じゃないんだ。ただの、十四歳の、ユーリ・オウルガなんだ……」

それ以外の何者でもない。

なら、此処に居る自分はいったいなんなんだろう。

きのうまではユーリは十四歳の少年だった。

それが、今日は三年の月日が流れ、十七歳になっていた。

しかも。

「あなたは勇者です」

リノンは言った。

「何度でも言います。あなたは魔王を討ち果たし、世界を救った勇者さま」

納得するまで何度でも何度でも彼女はそれをくり返すだろう。

だって、それが真実だから。

ユーリにはまるで現実味のない現実だったとしても。

「なら、わたしがそれを証明してみましょう」

彼女は差し出した手を一度、引っこめた。

「忘れたというのなら、思い出せないというのなら、わたしが思い出させて差し上げます」

リノンの瞳が揺れる。強い意志と強い想いで黒く光る。

その瞳で見つめられるとユーリは身動きが取れなくなる。

「わたしは、わたしが一番、勇者さまのことを知ってる。わたしが言うんだから間違いないんです。その顔、その目、その鼻、その唇、その手、その指、その足、その踵《かかと》、その髪、その眉毛、睫毛《まつげ》の一本一本まで、わたしが記憶する——わたしの勇者さま!」

いかに執拗《しつよう》で酔狂なほどに彼女が〝勇者〟に入れこんでるかが判る。

怖いくらいに。

だからこそ、彼女は言った。

「——お手合わせ願います」

リノンは右足を一歩後ろに、腰を落とし、腕を左右非対称に構える。

三月之国《さんがつのくに》地方に見られる格闘術の構え。

「え？　え？　え？　え？　え？　えーッッ!?」

意味が判らなかった。

ユーリはリノンが何故か戦闘モードに入ったのだけはなんとなく判った。

だから、余計に狼狽《うろた》えた。

「なんで？」

思いがけず、闇に吸いこまれそうになっていた意識がこっちに戻ってきた。

それもリノンの計算だったのか違うのか、ユーリには計りかねる。

「元よりわたしなど記憶にないかもしれません」

残念そうというよりは彼女にとってはそれも想定内なんだろう。けれども、

「または、まだ記憶がはっきりとしないと仰《おっしゃ》るならば、思い出していただきましょう」

はっきりと彼女は言った。

「いえ、思い出させてみせます！」

地面を強く踏みしめる。

「この一撃にすべての想いをこめよう！　龍脈《りゅうみゃく》に与えられし、その力を示せ。わが名は、リノン・ヴィータ。勇者とともに魔王を討ち果たした九十九人の一人」

名乗りを上げるときの科白みたいで判りづらいが、それは詠唱も兼ねているからだ。

《魔力》を練るための精神統一とも言える。

魔力が高まり、リノンの身体の外にも溢《あふ》れてくる。

彼女の周囲の空気がビリビリとひりつく。

目に見えない何かが彼女を覆《おお》うオーラとなる。

その様子を目にして、ユーリは、呟《つぶや》いた。

「——……これって、魔法……？」

その振動が、波動が二メートル以上離れたユーリにも伝わってくる。

「リノン、行きます！」

息を吐くように言って、彼女は地面を蹴った。

「——……！」

一瞬。ほんの一瞬。まばたきの間に、リノンはユーリの目前まできていた！

懐《ふところ》に入っている。ほぼゼロ距離。

「ハッ！」

リノンが拳《こぶし》を繰り出した。

速すぎて何が起こったのか、起こっているのか、何をされたのか、何をされそうになっているのか、まるで判らなかった。

なのに——

パアァァァァアン！　と空気が破裂するような音が鳴った。

「――へっ!?」

ユーリは驚いた。

速すぎて目で追うことができなかったリノンの一撃を――防いでいた。

鳩尾《みぞおち》目がけて繰り出されたリノンの拳をユーリは左腕一本で防御した。

「身体が勝手に!?」

無意識だった。

あれだけ重くて鈍くて自分の身体じゃないみたいだったのに、リノンの攻撃に身体が勝手に反応した。

「――やはり！　さすが勇者さまです！」

攻撃を繰り出したリノンが、満面の笑みを浮かべる。

身体が震えるほどに喜びがオーラになって溢れる。

「もう一発！」

うれしくて調子に乗って、リノンは追撃を放った。

今度はさらなる魔力を上乗せして。

ユーリの顔面目がけて、蹴りを浴びせる。

その瞬間。

世界が歪《ゆが》んだ。

「ぐべぼ――……ぅ!!」

叫ぶなんてできない。呻《うめ》き声が自分の耳にも届かなかった。

無意識で防いだ一撃目だったが、追撃は完全にユーリは意識してしまいまるで身体が動かなかった。

さっきまでと同じ重く鈍く言うことを聞いてくれない自分の身体だ。

リノンの廻し蹴りが的確にユーリの顔面をとらえる。

そのときだけは、世界がやたらとゆっくりに見えていた。

「あれ……?」

蹴りを浴びせたほうのリノンが首をかしげている。

思ってたのと違ってたらしい。

そりゃそうだ。だって、ボクだもん。

身体が浮きあがる。

リノンの身体が左足を軸に美しく回転する。

ゆっくりユーリの身体が回転する。

天と地が逆になる。

ユーリの身体は後方に宙返りして、それを見ていた。

ちょっとも目を離さず、離せずにいた。

なんて綺麗なんだろう、と。

リノンの構え。ステップ。拳を繰り出す動作。角度。指尖、爪尖《つまさき》、拳の山のひとつひとつ。

髪の毛の揺れ方。

睫毛の長さ。

黒目がちな瞳。

その美しい軌道に、その美しいフォームに、その美しい姿勢に、その美しい蹴りにユーリは見惚《みと》れた。

どれをとっても美しかった。

そして、完璧に打ち抜かれた。

——顔面を。

ゆっくりだった刻《とき》が急激に動き出す。

顔面が爆ぜるような衝撃が、後頭部から駆け抜けていく感じがした。

ユーリは数メートル宙を舞って、背後の木々をなぎ倒しながらブッ飛んだ。

「死んだ」

と思った。

でも死んでなかった。

地面に四肢《しし》を打ちつけて、リノンが掛けてくれたケープが引きちぎれた。

でも生きてる。

「……アレ？」

まるで夢のなかで起こっているできごとだ。

身体がうまく動かないことや、綺麗な女性に一撃見舞われたり、そのひとに「勇者さま」と呼ばれることも。

全部、夢みたいだった。

これはたぶん、悪夢なんだ。

「んー、アレ〜、おっかしいなぁ」

首をかしげながら、黒目がちな瞳をまたたかせ、リノンが近づいてくる。

本物の勇者なら、あの程度の攻撃簡単に受け止められたはずだ。

その証拠に、初撃は防いだ。

しかし、二発目は防ぐどころか避ける仕草もなかった。

彼女は、天地が逆になって地面に転がっているユーリの傍らにやってくると、その場にしゃがみこんだ。

「どういうことです？」

それはこっちが訊きたいよ。ってユーリは思ったが、声がでなかった。

リノンの一撃に、自分が置かれた状況が重なって、まるで理解が追いつかない。

それでなくても混乱することばかりだったのに。

「あ！　なるほど、」

リノンが何か悟ったふうな顔をする。

「ショック療法というやつですね。わたしの一撃をあえて喰《く》らうことでその痛みをもって、記憶の回復を……――」

「……なんにも思い出せない……」

ユーリは呟く。

「え？」

ユーリの視界で逆さまのリノンは困った顔になった。

リノンの視界には逆さまで、

「何にも思い出せないんだ……」

ユーリは呟きつづけた。

「どうして……!?」

ややリノンの声がうわずる。

「じゃあ、わたしの勇者さまは何処に!?」

ユーリには勇者の記憶がない。

つまり、リノンの知っている勇者は此処にはいないということになる。

リノンは、それに気がついた。

気がついてしまった。

「じゃあ、——あなたはダレ？」

それを口にした瞬間、リノンの顔から表情が消えた。

髪の毛を雑草でもむしるように乱暴に引っぱって、ユーリの頭を持ち上げる。

「わたしの勇者さまは何処？」

リノンが同じ質問をした。

「——ボクは、ボクだ……」

「じゃなくてじゃなくて、そういうんじゃなくて……！」

彼女は立ち上がると、ユーリの髪から手をはなした。

ぽてんとなさけなく地面に寝そべるユーリ。

と、彼女は今度は、ユーリの両足をつかんで、一気に持ち上げる。

その花車な腕の何処にそんなチカラがあるんだろう。

またユーリの視界が、天地が逆転する。

「勇者さま、勇者さま出てきてくださーい」

ユーリの身体をゆさゆさと揺さぶりながらリノンは声をかける。

そんなことをしても、勇者がユーリのなかから落っこちたりするワケがない。

「ボクは、ユーリ・オウルガ……だ」

「なんなんですか。その《ボク》って。わたしの勇者さまは自分のことは《オレ》って言ってたんですけどぉ」

「ボクはボクだ。ユーリ・オウルガだ。ユーリ・オウルガなんだ」

くり返す。名前を連呼する。

「ボクはユーリ・オウルガ。――……勇者なんかじゃあない……」

「でも、わたしの一撃を受けても傷ひとつないじゃないですか。意識もある。一年も眠っていたのにですよ……？　アレ？　でも一人称とか喋り方もちょっと違う？　すこし十一月之国訛りがある……しかし。というのは、どういうこと？」

リノンがパッと足から手を離した。

どさり、地面の上に倒れこむユーリ。

今日はよく地面に這《は》い蹲《つくば》る日だ。

「あなたはダレなの？」

リノンがしゃがみこんで訊く。

「ボクはユーリ。ユーリ・オウルガだよ。年齢は十四歳。十一月之国で暮らしてる」

ユーリがまた答える。

「いいえ、それは――三年前までの勇者さまの情報……。あなたはいま、十七歳で四月之国にいる……」

言いかけてリノンは何かを考える。

「やっぱり、そうだわ。勇者さまに間違いないのよ。でも、これは？　これって……？」

「――悪夢だわ、これは」

リノンはひとつの仮説に行き当たった。

「勇者さまは、もしかして《勇者》だったときの『記憶』だけを失くしているんじゃ？」

ぽんと手の平で拳を打った。

納得した。

リノンも、そして、ユーリもすとんと腑《ふ》に落ちた。

ユーリは、身体を起こした。

「それだ……！」

ふたりは顔を見合わせて声を揃《そろ》えた。

十四歳から十七歳の間。

ユーリ・オウルガが《勇者》だったときの記憶だけが失われている。

「ボクは、本当に〝勇者〟だったの……？」

これが夢でも幻でも妖精のイタズラでもないとしたら、そういうことになる。

「ええ、あなたは勇者さまです」

リノンがにっこりとうなずく。

「違う、ボクは勇者なんかじゃ……」

「いいえ！　あなたは勇者さまです！」

リノンが一歩踏みこんできた。

細い指をユーリの唇に押し当てて、沈黙させた。

真《ま》っ直《す》ぐにリノンを見やる。

「あなたが勇者さまだということは——わたしが証明します！」

リノンは微笑んだ。

目はぜんぜん笑ってない。黒目がちな瞳がギンギンになってる。

「しかし勇者さまが勇者さまとしての記憶を思い出せないと仰るなら、嫌《いや》でもわたしが思い出させてみせます！」

その瞳の鈍い色に、背筋がぞくりとした。

「記憶がなくても〝記録〟があります」

「記録？」

「そう、記録。わたしという記憶装置が、ユーリ・オウルガがかつて勇者だったことを証明する記録です!!」

狂信的で盲目的で、

「わたしたちはいま、このときより運命共同体……そして——共犯者」

「えっ⁉」

悪い響きだった。

「そうです。ふたりで世界を欺《あざむ》く共犯者になるんです！」

「な、なんで⁉」

罪を背負う。その意味をユーリはまだ知らなかった。

「勇者さまは、〝勇者〟として世界に必要なのだから」

言って、リノンは笑った。

目は笑ってなかった。

何故だか、ユーリはその黒目がちな瞳に見つめられると、逆らえない気がした。


かつて勇者だったユーリ・オウルガは、目覚めると記憶を失くしていた。

勇者だったことも、あの魔王を倒したことも覚えていない。

それを補う記録と情報を持つ、リノン・ヴィータ。

世界は、まだ勇者を必要としている。

だから、ユーリは勇者じゃなくてはいけない。

だから、もう一度、勇者とならなくてはならない。
その日々が今日からはじまる。
再び、勇者に。
そのためにいまユーリが頼れるのは、リノンだけだった。

第二話『哀しみのことたち。』
track.2: And Infinite Sadness

†

朝陽が射していた。

闇のなかにどっぷりと浸《つ》かってた世界は朝露に濡れ、輝きを放ちはじめる。

ユーリ少年は、鏡に映った自分の姿に首をかしげた。

「……まだなれないな」

自分が自分ではないという感覚が、何日も経ったいまも拭えずにいる。

一年もの長い時間眠りに落ちていたせいで身体が鈍っている。というのもある。

けど、ユーリにとってはもっと長い、三年間の空白があった。

まるで、三年間〝他人〟に身体を乗っ取られていたような感覚だ。

「誰かが時間を盗んだっていうんだったら、返してくれないかな」

ぼやいてみた。

「それは無理です。だって、あなたが、あなたこそが《勇者さま》なんだから」

背後から声がする。

その声にはじめは背筋が凍る気持ちだったが、いまはすんなりと耳に入ってくる。

振り返る。ユーリから三歩ほど下がった場所に、リノンが立ち控えていた。

美しい顔で穏やかに微笑みを浮かべているリノン。それと一緒にだだっ広い屋敷の広すぎる
自分の部屋が視界に入ってくる。

この部屋にもまるでなれない。

ふと故郷の狭い自分の部屋が恋しくなる。

ユーリが一年の眠りから覚めて、数日が経っていた。

ユーリが故郷を離れてた時間も、体感で数日。

でも本当は三年の月日が経過していたという。

まだなれない。

「ボク、十四じゃなくて十七歳。なんだよね?」

「ええ、十七歳です」

何度も同じ質問をされても、微笑みながらリノンが返す。

だけど。

見た目は十七歳でも、中身のユーリはまだまだ十四歳のまま。

「身体も借り物みたいだし」

この〝勇者〟の身体というやつがまるで自分にしっくりこない。

鏡に映る十七歳の勇者の精悍《せいかん》な姿。

伸びた髪はリノンがある程度切ってくれた。でも、前髪越しに見える視線は高くなった。

身長が伸びたからだ。リノンと並ぶとそれを実感した。

リノンの身長は低くはない。十四歳のユーリならたぶん背比べで負けていた。

でもいまは勝ってる。いつのまにか伸びた身長。

いつのまにか十七歳になってた。

記憶がない。

これまで自分はどうやってどう生きてきたのか。

ユーリの身体には、箇所箇所に知らない《傷痕《きずあと》》がある。

それはまぎれもなく〝勇者〟として、ユーリが過ごした軌跡《きせき》だった。

過酷な戦いの体験の記録。

でも、

「知らない傷だ……」

実感がない。

何の経験値も手にせず、いつの間に魔王を倒し世界を救った英雄になったも同然だ。

おまけに、胸には《痣《あざ》》がある。

直系十センチ弱のその痣は、夜空輝く星の光のような十字の形をしていた。

痣は、リノンによれば、

「勇者さまが〝勇者〟である証《あかし》のようなモノです」

ユーリが勇者として覚醒したときに出現した。

らしい。

もちろん、生まれてから十四歳までの記憶には、そんな痣なんてなかった。

ユーリにとっては朝起きてみたらいきなり胸にでっかくタトゥーが入ってたみたいな感じ。

なもんで、

「わーい、きょうからボクは勇者だぁ〜〜」

なんて脳天気に手放しで喜ぶことなんてできやしなかった。

十四歳から十七歳。

多感な思春期まっただなかの〝三年間〟という月日を失った喪失感《そうしつかん》のほうが、ユーリにとって大きい、非情な現実だ。

何ひとつ欠片も思い出せない。というよりも消失。

頭のなかにぽっかりと穴があるみたいに。

そして記憶について考えれば考えるほど、怖くなる。

失われた記憶と時間は戻るんだろうか。

「前の自分、勇者だったときのボクってどんなだった。いまとどう違ってる？」

目の前のリノンにユーリはそう訊《たず》ねかけた。

実際はそうしなかった。

「……比べても意味ないか」

「なにか？」

ちいさなひとりごとにリノンが反応する。

あいかわらずの微笑みを浮かべて、首をかしげた。

「ううん、なんでもない」

ユーリは首を振って、

「じゃあ、きょうの授業をお願いします」

リノンに向かってぺこりと頭を下げた。

「では、本日も――勇者さまの勇者さまによる勇者さまのための勇者再生計画をはじめたいと思います」

彼女は笑顔で言った。

あいかわらず、その黒目がちな瞳は笑ってない。

バッキバキだった。

†

午前五時起床。

屋敷の周囲を何周かする。

一日にすこしずつ周回数が増えている。

今日は十キロほどだった。

そのあと朝食。屋敷の使用人が用意してくれる。

使用人たちは普段その姿を見ないけれど、何処にいるんだろう?

朝食が終わったら坐学。

三年間で変化した世界情勢や、〝勇者〟としてすごした時間のことを自称世界一勇者に詳しいリノンから教わる。

「自分のことを他人から教えてもらうなんて、ひどく変な話だ」

とは思う。

リノンは本当に勇者のことなら何でも知っている。

それはユーリが勇者になる以前の、つまり十四歳までのユーリのことにも精通していた。

「ちょ！　ちょっとそれは何の話!?」

ユーリが最後におねしょをした年齢まで知っているし、ユーリがすっかり忘れてしまっていた些細《ささい》なことまで調べ尽くしていた。

ユーリの忘れていたことも知っているし、ユーリの失った時間のことも知っている。

「わたしは勇者さまのことなら何でも知ってます」

そう笑顔で自信たっぷりに言うリノンの目は、ギンギンだ。

ユーリはやや怖くなった。むしろすっごく背筋が寒くなった。

――果たして、リノンを本当に信用してしまっていいんだろうか。

という気持ちだ。

「もちろんです！　勇者さまを勇者さまたらしめるのはわたししかおりません」

満面の笑みで、あのまるで笑ってないバキバキ目でリノンは言う。

でも、冗談のようだけど、たしかに、いまのユーリをユーリたらしめるのもリノンしかいない。と思えた。

リノンだけが、いま勇者じゃなくなってしまったユーリのことを知っているし、ユーリ以上に勇者《ユーリ》のことを知っている。

だからこそ、ユーリはリノンを信じて頼るしかない。

「あの魔王を倒した勇者」

そんなことを繰り返しリノンは口に出す。ことあるごとに。

リノンが教えてくれる〝勇者〟にまつわる様々なことは、ユーリには小説『勇者物語』を聞いてる感じがした。

どうしても他人の、というよりも絵空事《えそらごと》。

それでも屋敷の二階から飛び降りたり、リノンにブン撲《なぐ》られたりしてもほぼ無傷な自分の身体には驚かされる。

午後には、その身体能力を遺憾《いかん》なく発揮するために体術、格闘術を学ぶ。

「戦うというよりも身体の使い方を学びましょう」

というワリには、

「――では、行きます！　はっ」

軽いかけ声だったが、ユーリは空中で二回転ほどして地面に叩きつけられた。

リノンはかけ声と同じく軽くユーリの手を握って足払いしただけだった。

「ぐぇえ……っ」

絢爛豪華な屋敷の庭園。色彩豊かな草花がささやかな風に揺れるなか、ユーリの呻き声だけがやけに大きく響く。

一度や二度ではなく、何度も何度も。

リノンの学びは、より実践的なモノだった。

「記憶はなくても身体が記録しているんです。ほら、目覚めた日も」

森の出口でブン撲られたことをリノンは言っているんだろう。

たしかに、一撃目は防げた。もはやそれはたまたま偶然だったんじゃないか。

すかさず繰り出された二撃目は顔面をクリティカルヒットした。

意識すると身体が思うように動かなくなる。

「普段は息することを意識しなくても呼吸ができるじゃないですか。それと同じです」

リノンは簡単に言う。

「どうやって息してたっけ？」なんて考えることはほぼない。

息の仕方を意識すると途端、息苦しくなったりもする。

「たしかに」

ユーリもそれには納得した。

納得はしたが。

「ぐぇぇぇぇぇ……」

リノンの投げを喰らい、地面に身体を打ちつけた。

防ぐのも避けるのもできる気がしなかった。

不幸中の幸いというか、〝勇者〟の身体はバカみたいに頑丈だ。

打ち身生傷は絶えないが、それくらいなら故郷の村で草原を駆け廻り、森を探検して遊んでたときにもあった。

傷の治りも早いし、一年眠っていたにしては元々の体調も悪くない。

「龍脈の影響でしょう」

大の字に天を仰いで呆然となってるユーリの顔を、リノンがしゃがみこんでひょっこり覗きこんできた。

あまりに顔が近くて、そして、やっぱり綺麗な顔をしていてユーリはドキッとしてしまった。

「あっ！」

慌《あわ》てて跳ね起きる。

慌てたせいで、リノンに頭突きをかましそうになったが、リノンはひょいとそれをかわした。

上半身だけ起こしたユーリは誤魔化《ごまか》すように、

「龍脈？　ここにもあるの？」

ユーリは訊ねた。

「はい」

リノンはうなずき立ち上がると、地面にへたりこむユーリに手を差し伸べる。

ユーリはその手をつかむ。

「現在、存在が確認されている龍脈の多くは、今際《いまわ》の魔王により破壊されてしまいましたが、この島を通る龍脈は難を逃れたようです」

いいながらリノンは力んで息を詰まらせることもなく、その花車な腕でユーリを軽々と引っ張り上げた。

「じゃあ、ボクの村の近くにあった龍脈も、もしかして?」

ユーリの生まれ育った村の傍にある、森の奥にも龍脈があった。

「残念ですが、勇者さまの故郷の龍脈も破壊されてしまいました」

リノンが答えてくれた。

「そっか……」

龍脈は生命や魔力の源と言われている。

だから森は異常なほど青々と茂っていたし、たくさんの動植物も生きていた。

が、生命力や魔力といったモノは、様々に影響を及ぼす。

村のオトナたちに「森はキケンが多い。子供だけで近づいてはいけない」と言いつけられた。

それでも森は、子供たちの冒険の場所となっていた。活発化したモンスターに襲われたり危ない目にもあったけど、学んだこともたくさんある。

「あんなとんでもない龍脈を壊すなんて、魔王ってすごかったんだね」

人間に恵を与えもすれば超自然的な現象を生み出す龍脈をも凌駕する魔王。

話に聞くだけで身震いする。

「それを討ち果たしたのは、勇者さまですよ」

自慢げにリノンが言う。まるで自分のことのように誇らしく。

「うーん、やっぱ実感どころか、さっぱり思い出せないな」

ユーリは笑ってみせる。

苦笑いが精一杯だった。

自分のことなのに自分のことじゃないみたいに。

「では、もう一本まいりましょう」

リノンが微笑んで言った。

いまのところ『勇者』になる。とかそういうよりもユーリはひとまずユーリ自身のために努力を重ねている。

リノンの『勇者』になることが、失った記憶を取り戻す近道のような気がしているからだ。

「よろしくお願いします」

うやうやしく言って、ユーリは見よう見まねで構える。

ユーリが宙を舞ったのは、その三秒後だった。

†

世界各地にある龍脈は、龍脈同士で繫《つな》がっていることがある。

目に見えないエネルギーが流れる動脈のようなもので、ネットワークを形成する。

勇者の屋敷がある島の龍脈は、それらネットワークから切り離され独立で存在していたために、魔王による破壊から逃れられた。

龍脈の破壊によって、もちろん世界には様々な影響が出た。

水源となっていた場所から水が消え、青々と緑が生い茂っていたところが砂漠化したり。

常に豊作だった肥沃《ひよく》な土地では、作物の育ちが悪くなったり。

狩りを生業《なりわい》としていた地域では、動物が減少したり。

平均気温二十五度の常夏《とこなつ》の国では、雪が降った。

場所によっては、活火山の影響で人間《ひと》が立ち入ることができなかったが、火山活動が沈静化し人が暮らせるまでになっている。

などなど多岐《たき》にわたるが、一番影響を受けたのは、『魔法使い』と呼ばれる者たちだ。

「というと？」

午後の稽古《けいこ》の合間、おやつ代わりのローストビーフサンドを口いっぱいに頬ばりながら、ユーリはリノンに訊ねる。

肉体がうまく扱《あつか》いきれず、頭と体力がひどく消耗するらしい。とにかく腹が減る。

まだまだ力加減のコントロールを学ばなきゃならない。

先ほどまで投げられ飛ばされ地面に叩きつけられていた庭。

機能的にはまるで意味のない豪華な装飾のほどこされたテーブルと椅子が用意され、優雅な午後のティータイム。

「勇者さま、龍脈についてはご存じですか？」

紅茶を口に運びつつ、リノンは質問で返した。

「うんまあ、なんとなく」

紅茶で、喉《のど》に詰まりそうなサンドイッチを胃に流しこんでユーリはうなずいた。

あせったせいで、ティーカップの持ち手をバキッと外してしまった。が、リノンが微笑みながら、べつのカップを用意してくれた。

午後は身体を使う講義が中心だが、時間があれば知識も学んでいく。

「今日からは一分一秒すべての時間が、勇者になるための時間です」

これは、リノンが勇者になるための心構えとしてユーリに伝えたことだ。

「勇者さまが勇者さまだった二年をたった三週間ほどで駆け抜ける予定です」

とも言っていたが、その意味をユーリはまだあまり理解していなかった。

単純に、心も身体も頭も「鍛《きた》えられてるな」なんて思ってはいる。

で、いまの話題は『龍脈』について。

「では、龍脈と『魔法』の関係は？」

「龍脈からパワーを取り出して、それを魔法にするのが魔法使い？」

ユーリはひどくうっすらとした知識を披露する。

そんなユーリにリノンは微笑ましそうに頬を緩《ゆる》ませ、

「ほぼ正解です。魔法使いは自分の内にある魔力だけでも魔法は使えます。さらに強力な魔法を使うために龍脈からチカラを得るということです」

「ああ、なるほど。魔法使いじゃないひとも魔法使えるよね？」

ユーリが言う。

魔力はすべてのひとに宿っていると言われている。

「はい。ですが、ほとんどの人間は魔力を魔法として使うことができません」

「そう、だよね。うん」

「魔力を、精神と肉体を鍛え上げることによって『魔法』として具現化する。それが魔法使いと呼ばれるひとたちです」

「なるほど。そういえば、リノンさんは？　魔法使ってなかった？　リノンさんは、魔法使いなの？」

ユーリが目覚めた初日、喰らったヤツ。

「いいえ。というか、その前に、」

微笑んでいたリノンの表情が一気に硬くなった。

「え？」

ユーリに緊張が走る。

「勇者さま、わたし言いましたよね」

ちょっと怒ってるように見える。

「え、あ？　ええっとぉ……」

背筋に冷たい汗がツツーッと流れた。

「もうお忘れですか？　──リノン。とお呼びください」

「あっ、そ、そうだった……！」

リノンによる『勇者再生計画（仮）』がはじまったときに、呼び捨てでいいと言われたんだった。

「つ、つい」

ユーリは頭をかいた。

普段、目が笑ってなくてもやさしい笑顔で中和されてるところがあるけど、真顔で詰め寄られるとさすがにアレだ。

……怖い。

リノンは、ユーリに対して『勇者』として接する。

しかし、いまのユーリは、勇者の記憶を失くした──十四歳の少年だ。

リノンは、十四歳のユーリよりも歳上に見える。

正確なところはユーリは訊いてなくて判らない。

が、歳上に見えるひと、まだ知り合って間もない女性に対して、呼び捨てにするのは、なんだか気が引けてしまう。

こうしてどっぷり世話になっていれば余計だ。

「リノン。とお呼びください」

としかしリノンは釘を刺す。

「うん、判った……リ、リノン」

言いにくい。とてもぎこちない。

「はい、勇者さまっ。なんなりとっ！」

それでもリノンはひどくうれしそうに表情を輝かせる。

「ええ、っと、なんだっけ」

何を話してたっけ。

「わたしが魔法使いかどうか」

「ああ、それ、それです」

思わず敬語になる。

一瞬、「ん？」という表情をしたリノンだったけど、

「わたしは魔法が使えます。ただわたしの場合は、体内の魔力を依《よ》り代《しろ》として、龍脈のチカラで魔力《それ》を増強し、『肉体の強化』をする、といった類《たぐい》の魔法です」

「つまり、いわゆる――炎ばぁぁぁぁ、とか氷でひょぉぉぉぉ、とかいうんじゃなく、」

「ええ。そういう派手な攻撃魔法ではなく肉体強化ですね。いわゆるバフ。だから、わたしの場合、魔法は使えますが、魔法使いのように様々な魔法を自由自在にというワケではないです」

「なるほど、そっか」

ユーリが納得したふうにうなずいていると、

「同じように、誰にでも魔法が使えるようになる『法具』がありますが。簡単な、種火を起こすとかの程度なら誰でも使えます。それは間違いないです。けれど、人間に危害を加えるような効果を持つ法具となれば、使用にはそれ相応の知識と、鍵《スイッチ》となる魔力が必要になります」

リノンが補足した。

「魔王によって龍脈の多くが破壊された現在、魔法使いは激減しました。理由は簡単です。多くの〝自称〟魔法使いたちのほとんどが、自分自身の魔力ではなく龍脈に依存した方法で『魔法』を使っていたからです」

「あー、自分の魔力不足を龍脈のエネルギーで補って、魔法を使ってたってこと？」

「はい。ですので、おのれの魔力のみで魔法を生み出す強大なチカラを持った、純粋な魔法使いはこの世界に――五人。およそ、ですが」

「五人のうちのひとりって、勇者と一緒に戦ったひとも？」

記憶がないユーリは、その魔法使いのことをもちろん知らない。

「もちろん。しかしわたしも最後に逢ってからもう一年ほど経ちます」

「勇者が倒れた直後ぐらい？」

ユーリが言う。どうにも勇者に対して他人事《ひとごと》のような口振りになってしまう。

「そうですね。倒れた勇者さまをこちらにお連れするのを手伝っていただきました」

「え、そうなの」

「はい、こちらで勇者さまが目覚めるまでに必要なアレコレも整えていただいて」

「そっかー、すっごいお世話になったんだね」

お礼を言ったほうがいいんだろうか。

記憶がないせいで実感も感謝もいまいちない。

でも、本物の魔法使いには逢ってみたいと思った。

「いまは、世界の何処で何をしているのやら」

と、紅茶を口に運びリノンはあさってのほうを見ていた。

「判らないの？　連絡は？　魔法使いだから、びゃーってなんか魔法の手紙とか？」

「いいえ、何も。魔法使いというのは、本来、人目を忍ぶ存在のようですし世界に安寧《あんねい》が訪れたいま、みずからの存在が民の畏怖《いふ》の対象とならぬよう、身を隠したとも考えられます」

「世界を救ったのに？」

「はい。理由はおそらく――魔王も『魔法使い』だった。ということです」

「悪い魔法使いだった!?」

まるで昔話や小説の登場人物だが、これはもちろん現実の話。

「なので、魔法使いとは区別して、魔王や魔王軍に属した魔法使いのことをいまは『魔術師』と呼ぶ傾向があるんです」

「いい魔法使いは魔法使い。悪い魔法使いは、魔術師……か」

これは記憶しておこう。

目覚めてからは、うっかりはあっても、その日にあったこととかきのうのこととか時間が経ってもちゃんと覚えている。

また――何もかも忘れてしまうんじゃ。

そう思うとやはり恐怖がある。

それに関して、ユーリには訊きたいことがあった。

実は、ずーっとそれについて話を聞いてみたかった。

「勇者。って魔法が使えたの?」

†

〝魔法〟は、ユーリの子供のころの夢だった。

ユーリが生まれたのは、特に何もない田舎の村だ。

『龍脈』が近くの森の奥にあったけれど、それはずっと村やその周辺の生活に根ざしたモノになっていた。だから、誰もそれが〝特別〟だとは思わなかった。

ユーリは生まれてから、あの日、一年の眠りから目覚める瞬間まで、村の外にはほぼ出たことがない。

すべて自給自足で暮らす閉ざされた秘境の村とかじゃない。

物流はあるし、ひとの往来もある。

ユーリも、となり村の祭りに行ったとかそういうのはある。

しかし、十一月之国の王都はもちろん、都市部に出たことがなかった。

村の子供たちのほぼ全員がそうだった。

だから、村の子供たちはみんな「十五歳になったら村を出て都会で働く」というのが、ひとつの潮流だった。

そして、近年では、都市部に出稼ぎに行ったり、騎士候補生になるための学校に入ったり、商人のもとへ修行に行ったりする若者が増えた。

ユーリも「十五になったら」と漠然と考えていた。

村の暮らしは、嫌いじゃなかったが。

時々、息苦しさを感じることがある。

田舎特有の閉塞感。というヤツだったが、当時ユーリはそれを言語化することができなかった。だから、ただなんとなく都会に出よう。と思っていた。

何か目標とか『夢』があったワケじゃない。

本当に漠然と、都会に出たら何かが変わる。と思っていた。

それなのに——かつて勇者だった。

なんて言われて、まったく知らない場所にやってきてしまったいま。

故郷へ飛んで帰りたい気持ちもある。

しかし、それはすぐには叶わない。

「故郷に戻るのは、まったく構わないですけれども。しっかりと自分が〝勇者〟だという自覚と自信と、そして覚悟を持ってください」

そう、リノンに言われた。

村に戻りたい。そのとき直接口にはしなかったが、『勇者再生計画（仮）』が開始して三日ほど経ったころ、リノンに望郷の念を見抜かれたようだった。

「世界中の誰もが勇者さまが〝勇者〟だと知っています。世界の何処かで暮らす誰かが、顔も知らないようなひとが、勇者さまを〝ユーリ・オウルガ〟を知っている。だって、勇者さまは魔王を討ち果たした、世界に光を取り戻した英雄なのですから」

あいかわらず、自分のことを自慢するように誇らしそうなリノンだった。

「まして生まれ育った場所、それも全員が顔見知りで家族も同然のような勇者さまの故郷ならなおさら、勇者の帰還を首を長くして待っていることでしょう。けれど、」

さらにリノンはつづける。

「あの魔王を討った勇者がやっと帰還したとき、勇者じゃなくなっていたら？」

勇者としての体《てい》を成してなかったとしたら。

それがどれほどものなのか、これからさらに数日を経て、勇者のことを学んでいく、勇者としてすごす日々のなかで思い知っていくことになる。

†

目覚めてから三週間が過ぎようとしていた。

ユーリは、まだ百パーセントじゃないけれど、勇者の身体に馴染《なじ》みつつあった。

他人の身体を操らされているような違和感は薄れてきた。

歩くのにも走るのにもぎこちなかったが、思うようになってきた。

優雅なティータイムを台なしにする、カップを破壊することも減った。

食欲は相変わらずだ。

跳んだり跳ねたり、十四歳のユーリには信じられない身体能力。

おまけに頑丈。回復も早い。

「勇者の身体はすごいや」

まだちょっと他人事みたくなる。

そんなユーリに、

「明日、王都へ向かいます」

屋敷の庭園で訓練中、リノンが言った。

「〝勇者〟として、つぎのステップへ進みましょう」

ということだった。

「――その前に、この島を出るための試験があります」

「試験?」

「これまでの成果の確認です」

ユーリは、今日までリノンに試練と呼べるような過酷な稽古を受けている。

「これをどうぞ」

そう言って、リノンはユーリに〝それ〟を手渡してきた。

刀身が三十センチくらいの短刀《ナイフ》だった。

「試験はより実戦に近い形式で行います」

「え、これ本物?」

ユーリは手のなかのナイフをマジマジと見つめた。

「そう言われると思って、刃は丸めてあります。切れません」

「そっか。よかった」

「ですので、本気で向かってきてください。でないと意味がありませんし」

「判った」

「教えたことを思い出してくださいね」

過酷だったが稽古鍛錬《たんれん》練習などなどたくさんの学びがあった。

「何度も言いましたが、『イメージ』がたいせつなんです。戦うことだけじゃありません。身体を使うときも、そして〝魔法〟を使うときもそう。イメージするんです、自分がどうしたいのか、どうするべきか」

「うん」

うなずく。ユーリはナイフを逆手《さかて》に握り直した。

頭でナイフを使う自分をイメージする。

「――勇者さまは武器をその場その場で臨機応変に切りかえてらっしゃいました」

とリノンは言っていた。

なので、ユーリもリノンから剣や弓や槍《やり》、鎌《かま》、斧《おの》、ハンマーなどなど一通り、武器の扱い方やそれらの戦い方を教わった。

だけれども。いまのユーリは武器なんて触れたことがなく、いまいち武器を活《い》かし切れない。

そのなかで、唯一しっくりきたのが、ナイフだった。

ただ、ユーリにとってナイフは武器じゃなく――

同じような刀身の長いナイフは生活の道具のひとつ。

ユーリのいた村では、草木を切ったり、肉を切ったり削いだり、果物を剥《む》いたり切ったりと暮らしの生活に欠かせないモノだ。

だから、ナイフは生身の人間に向けるモノじゃないけれど。

勇者に近づくためにも。

自分の記憶を取り戻すためにも。

いまは、リノンの持っている〝勇者の記憶〟が頼りだ。

「さあ、はじめましょう」

リノンがうやうやしくスカートの裾《すそ》をひらりとつまみ上げる。

「じゃあ、遠慮なく……！」

「遠慮なんかしてると死んじゃいますよ？」

冗談みたくリノンは綺麗な笑みを浮かべた。

腰を落とし、ユーリは構える。

三週間前は見よう見まねだった構えがすっかり様になっていた。

たった三週間でだいぶたくましくなったユーリだった。

「行きます！」

地面を蹴る。

一瞬で、リノンの懐に入った。

女性相手にとか言ってはいられない。

相手は、リノンだ。

何度空中を舞い、何度地面に叩きつけられたことか。

全力全開で行かないと！

腹部目がけて、左手で掌底打《しょうていう》ちを繰り出す。

——とらえた！

はずが、

「なっ!?」

リノンの姿はすでにそこになく、攻撃が空振る。

「敬語禁止です」

薄く笑う声の残響だけがユーリの正面にあった。

リノンは攻撃でガラ空きになった背中に、右側に廻っていた。

「こっち！」

すかさず、ユーリは右手のナイフを振るう。

「――ッ！」

遠慮なく振るったナイフだったが、するりとかわされた。伸ばしたユーリの右腕にリノンの腕が絡まるように触れた。

刹那《せつな》、ユーリの身体は何もしていないのに回転をはじめた。

もちろんリノンの攻撃だ。それほど腕に力を加えていないのに、リノンに軽くひねられた方向にユーリの身体がどうしても流れてしまう。

人体の仕組みとユーリの力を逆に利用した体術だった。

これを何度も喰らってきた。

「まだ！」

ユーリは身体の流れに逆らわず、みずから地面を蹴り宙に浮いた。

リノンが加えた力を利用し、さらに身体のひねりを加え、こちらの攻撃へと変える。

「だあぁ！」

リノンの頭部から真っ二つにするイメージで、垂直にナイフを振り下ろした。

「いいですねっ」

弾んだ声でリノンが言う。が、リノンは埃でも振り払うように左手でそっとユーリの攻撃を受け流した。

そして無防備なユーリの顔面に、掌底打ちを見舞う。
「グ……ッ！」
と、ユーリはそれを額で受けた。
鼻やその下部、急所を狙《ねら》ったリノンの一撃をかわせないと判断し、攻撃をズラした。
しかしそれでも衝撃波のようなショックがユーリの身体を地面から浮き上がらせた。
脳が揺れる。
——意識をしっかり持って！
ユーリは自分自身に言い聞かせる。
後方に宙返りし、体勢を崩しながら地面に手を突き不格好にも着地した。
みずから後方に飛んで衝撃を逃がした。
「お見事」
手を叩いて、ユーリの判断を称賛するリノン。
しかし、つぎの瞬間にはユーリの間合いに飛びこんできた。
「速っ！」
瞬きもできない。
懐に入られてしまった。と思った瞬間には、足払いされ身体が宙に浮いていた。
あらかじめその攻撃のイメージはできていて、対処するつもりだったのに！

宙に浮いたユーリは、リノンに蹴り上げられ、さらに頭上へ飛ばされる。

天と地が激しく入れかわる視界のなかでリノンの姿を目で追ったが、彼女はすでにさらに上へ飛んでいた。

「はいっ」

軽いかけ声だったが、裏腹に衝撃は半端なかった。

「ぐぼぉ……！」

今日食べたすべてのものが胃から口もとまで上がってきた。

ユーリは腹部に蹴りを見舞われ、真っ逆さまに落下する。

受け身も取れずに地面に身体を強打する。

勢いは殺せず、身体が浮きあがった。ところを、頭上から降りてきたリノンに足蹴《あしげ》にされ、ジエンド。

文字通り、一蹴された。

「ぐ……う」

胃から上がってくる酸っぱいモノを口からはみ出させて、ユーリは意識を失った。

それでも一矢《いっし》報いたい！　とナイフを掲げた。

そこでぷつりと意識が途切れた。

「――よくできました」

リノンが柔和な笑顔で手を叩く。

一瞬のブラックアウト後、すぐに意識が戻った。

そのとき視界は、しゃがみこんでこちらを覗きこむリノンの笑みで満たされていた。

リノンの笑顔が天使にも悪魔にも見えた。

身体を起こそうとしたが、立ちくらみがした。ユーリは手にしたナイフを手放し、その場にへたりこむ。

「何もできなかった。一方的にやられただけだよ……」

情けない。五メートルくらいの穴を掘って埋まってしまいたい。

一撃も当てられなかった。

かすりもしなかった。

「いえいえ、この短期間によくぞここまで」

それでも彼女は微笑む。

リノンは厳しいんだか甘いんだか判らない。

「いまの勇者さまのレベルでは、上々の出来です」

と付け加えた。やっぱり、甘くなかった。

彼女はまったく全力じゃない。

それはしょうがない。
勇者だったとは言っても、中身は、野原や森を駆け廻って遊んでいた十四歳だ。
それが世界を救った勇者の身体を駆使し、ここまで「よくやった」というべきだろう。
しかし、ユーリは歯がゆかった。
こっちは武器《ナイフ》ありで、あっちは素手。
強化魔法すら使わなかった。
強化《バフ》なしで、この圧倒的な差。
ユーリのこの時点での能力に合わせたのかもしれない。
もしか、ユーリが《魔法》を使っていれば、彼女も魔法による強化を試みていた。
——かもしれない。結果としてそれはなかった。
「やっぱり魔法が使えない……」
ユーリが、だ。
実はいまの一連の戦いのなかで、ユーリは何度か《魔法》を試してみた。
リノンの教えのとおり、自分が魔法を使う『イメージ』をした。しかし。
「龍脈のあるこの島ならば、とは思っていたんですが」
立ち上がり、どうしてだろうかとリノンもやや首をかしげる。
「勇者もちゃんと魔法使えてたんですよね？」

「もちろんです。勇者さまは魔法を使って戦っていました。それも——特別な魔法を」

再確認の問いにリノンははっきりと答える。「敬語禁止です」と添えて。

「あ、すみませ、あ、ごめん」

謝りつつ、ユーリは、口のなかで、

「特別な魔法、か」

くり返し、地面にへたりこんだまままうなだれた。

はじめて、勇者が魔法を使っていたこと。そしてその魔法が勇者だけの〃特別〃だったとリノンから聞かされたとき、ユーリは特別という響きに心を躍らせ、胸を熱くした。

勇者の特別な魔法は、——無詠唱による魔法の具現化。

魔法を使うには、具現化のため精神を高め魔力を練る行程がある。

そのために呪文や詠唱がある。

強大な魔法を使うには、長い詠唱が必要とされる。

けれど、勇者は、詠唱を必要とせずに強力な魔法を放つことができた。

そして、その魔法こそが、

「〃あの魔王〃に対する唯一の手段」

だったとリノンは言う。

だからこそ、ユーリは勇者として魔王を討ち果たすことができたんだと。

「ほんとうに?」

だけど、それって自分のことなんだろうかとユーリは首をかしげざるをえない。

「どうして魔法使えないいんだろう? そもそもボクは使えなかったから、いきなり使えるってワケじゃないいんだろうけど」

十四歳までの記憶までしかないが、それまでのユーリは《魔法》を使えたことがない。

魔力はすべての人間、すべての生き物に宿る。

しかし、その魔力をいかに錬成して魔法にできるかは、強い魔力や才能や努力やその他もろもろが必要になってくる。

ユーリはそのための、魔力や魔法を扱う術を教わったこともないし、魔力を自覚したこともなかった。

「それがいつから魔法を使えるようになったんだっけ?」

ユーリはリノンに訊ねる。

「十五歳になるころ、勇者としての〝チカラ〟に目覚めたそのときから。と聞いています」

勇者についてのことならなんでも知ってるリノンだが、何故どうしてどのように勇者が魔法を使えるようになったかについての知識は持ち合わせてなかった。

「勇者さまによれば、『なんかよく判んないけど使えた』だそうです」

「……漠然としすぎてる……」

自分のことながら脳天気だなと思う。

そして、その脳天気さは、いまのユーリにはない。

記憶といっしょに三年間という時間を失ったこと。

世界を救った勇者という存在。

気を弛《ゆる》めるとそれらが一気に重くのしかかってきて、心が押《お》し潰《つぶ》されそうになる。

「そのうち使えるようになりますよ、きっと」

言って、リノンが手を差し出してくる。

ユーリはその手をつかんで立ち上がった。

「簡単に言うけど……」

勇者になりたて、いや魔法も使えない勇者未満のいまのユーリは、かつて勇者だった肉体という財産すら持てあましている。

『そのうち』がいつなのか、気が遠くなる。

それでも――

「平気です。わたしが居ます。わたしが、勇者さまが勇者さまとして生きるため、記憶装置となり剣となり楯《たて》となりましょう。魔法にだってなってみせます」

リノンは力強く言う。

「たった三週間でここまで動けるようになったんですから、魔法だって使えるようになりますよきっと」

彼女が微笑む。

「なんで、そんな自信たっぷりなの？」

情けないことにユーリが自分で自分を信じられないのに、どうして他人のリノンがこんなにまで〝勇者〟を信じているんだろう。

「広く深い愛ゆえです。フフフッ」

言って彼女は笑った。

「勇者さまが勇者さまとなりうるためならば、――〝あの魔王〟すら復活させてみせましょう」

なんて、ひどく笑いにくいことを言った。

そして、その目はやっぱり笑ってなくて、黒目がちな瞳は闇よりも黒く、そして太陽よりも爛々《らんらん》とバッキバキに輝いていた。

†

「この島から王都へは陸路か、空を飛ぶか、転移魔法が主な移動手段です。空を飛ぶのは諸事情で今回は見送り。転移魔法ですが、こちらは大魔法使いクラスの魔力が必要になります。そうでなければ龍脈を利用するのが通常です。が、ご存じの通り、現在ほとんどの龍脈は機能不全に陥っています。龍脈の利用はリスクがあります。それでもということでしたら、なんとかいたしましょう。ただし、転移先で肉体がどうなっているかはやってみなくては判りません。運が良ければ手足が溶けるぐらいか、または見た目は無事で内臓だけ捻《ねじ》れて朽《く》ち果《は》てるか、最悪頭部くらいは残ってるかもしれません。どうします？」

冗談みたいなことを真面目な口調でリノンが言った。

「陸路で……」

ユーリはこう答えるしか選択肢がなかった。

「では、そのように」

というやりとりがあったのが、きのうのこと。

本日。

ユーリとリノンは屋敷のある島を離れ、王都を目指す。

まだ陽が昇らない時刻。

身支度をすませ、ユーリが屋敷を出ると、馬車が停車していた。

すでにユーリの荷物もリノンの荷物も荷台に積まれている。

ユーリはまるで気にしなかったが、絢爛豪華な屋敷の住人が乗るには、いささかシックな外観の馬車だった。

「おはようございます」

待っていたリノンがうやうやしく頭を下げる。

使用人たちの姿はない。

みんな眠っているんだろうとユーリはやはり気にならなかった。

三週間ほど衣食住、さんざっぱら世話になった分の礼はきのうすませたし。

それに、リノンは「王都まではなるべく、目立たぬように」と話していた。

それについては、理由があった。

「おはよう」

ユーリがあいさつを返すと、

「では、まいりましょう」

リノンにうながされ早速、車内に乗りこむ。

車内は外観よりもずいぶん高級感がある。

革張りの座席や窓のカーテンなど、職人の手による丁寧な造りをしてた。

「わー、こういう馬車って乗ったことないや」

のんきにユーリは呟き、座席に腰を下ろす。

身体が沈みこみすぎず、適度な反発がある。

「やっぱ、荷馬車とぜんぜん違うな」

ユーリにとって馬車といえば、荷物を運ぶモノだ。

人間を運ぶためのモノと荷物を運ぶためのモノでは比ぶべくもない。

「あれ？」

座ってしばらく、リノンが乗りこんでこない。

と思ったが、彼女の姿は、御者台《ぎょしゃだい》にあった。

「リノンさん？」

窓から顔を出し、御者台のほうを覗きこむ。

『リノンとお呼びください』

外からじゃなく車内からリノンの声がした。

「え……？」

『何かありましたら、こちらからお話しください』

よく見れば、車内に御者台から筒状《つつじょう》のモノが伸びてきて繋がっている。

車内と御者台に漏斗型《ろうとがた》の受話口があり、蓋《ふた》を開けてから、そこに話しかけることで会話ができる。

『伝声管《でんせいかん》』といった。

「リノンさ……、リノンが御者を？」

『もちろんです。勇者さまはおくつろぎください。──と言いたいところですが。王都までは長い道のりです。坐学の時間といたしましょう』

すべての時間は勇者へ通ずる。勇者は一日にしてならず。ってことだ。

「はい。お願いします」

『敬語禁止です』

「……あ、ごめん」

馬車はゆっくりと走り出した。

†

車内にガタガタと地面の凹凸《おうとつ》が伝わってくる。

それでも荷馬車よりも格段に乗り心地がいい。

荷馬車でこんなにスピードを出したら、荷台から外へ放り出されてしまう。

「王都まではどれくらい？」

『二日半、余裕を持って三日といったところでしょうか』

訊ねると御者台から伝声管を通して声が返ってくる。

屋敷のある島は、町を形成するほど大きくはないが、ちいさくはない。

青々とした生命豊かな森が屋敷を取り囲むように生い茂っている。

ユーリが目覚めた初日に彷徨った森とは反対の森には、屋敷からつづく馬車道があった。

森を抜けると、海岸が見えてくる。

海岸に船場があって、馬車を乗せられる渡し船が停泊していた。

リノンは馬車を渡し船に乗せると、今度は船を操舵《そうだ》しはじめた。

馬車が乗るくらいの大きさの渡し船をたったひとりでどうやって？

とか思ってるうちにみるみる船が岸を離れていく。

馬車を引く二頭の馬もおとなしくしている。

「何でもできるんだな……」

窓の外、てきぱき動く彼女を見て思った。

に比べて、自分ときたら、

「使えたはずの魔法も使えないなんて……」

なさけない。

「ボク、ほんとに勇者だったのかな」

呟くと、

「——勇者さまは勇者さまです！　わたしが保証します！」

外から声が聞こえてきた。

リノンだ。

彼女は地獄耳だった。

いま、信じられるのはリノンだけだ。

頼れるのも、リノンだけだ。

勇者としての記憶を失ったユーリを助けようと手を差し伸べてくれた。

いつだって、傍に居てユーリをなだめすかし励まし、ときには鉄拳で勇者というものを教えてくれている。

彼女はどうして、そこまでしてくれるのか。

ユーリが目覚めた日。

はじめて逢ったとき、ユーリが記憶を失くして〝勇者〟じゃないことに、すくなからず彼女はショックを受けていたはずだ。

でも、いまは前向きに、どんなことがあってもユーリが〝勇者〟だと、再び勇者としての記憶やチカラを取り戻すと、リノンは――決めている。

どうして信じられるのか。

魔法も使えない。

勇者の肉体を完全に扱うこともできない。

王都へのこの旅がはじまったとき、

「もし危険なわたしの手に余る〝何か〟が起こったときは、――全力でお逃げください」

とか言われるほど、ぽんこつなユーリなのに。

それでも彼女はユーリを『勇者さま』と呼ぶ。

彼女にとって〝勇者〟とはいったいなんなんだろう。


旅の一日目。

島から四月之国の大陸に渡り、海岸沿いを北へと馬車は走ってきた。

時折、休憩などする以外は馬車の車内で過ごした。

「誰かに見られて、もしもそのひとが勇者さまのお顔を知っていると面倒になりかねません」

というアレで、移動中カーテンは閉めっぱなし。

極力、カーテンの隙間《すきま》から外の様子をうかがうといったこともしないよう心がけた。

おかげで、いま何処をどう走ってるのか判らなかった。が、土地勘もあるワケでもなく、ずっとよく似た田舎道がつづくだけだった。

ちょっとだけ故郷の村を思い出した。

陽が沈む。夜間の移動は控え、宿場町の宿ではなく、途中にある屋敷にやってきた。

「大丈夫です。ここは『大丈夫』な者が管理している屋敷ですので」

とリノンはユーリに教えてくれた。が、

「大丈夫……とは？」

何がどう大丈夫なのか、何だったらだいじょばないのか。

ユーリは喉の奥に何かが引っかかるのを感じた。

それを言語化できず、ユーリは喉の奥に呑《の》みこんだ。

島の絢爛豪華な屋敷ほどじゃないにしろ。

十分に広く立派な邸宅だ。

しかし屋敷には人気がなく、ユーリはリノン以外の誰とも顔を合わせることなく、その日を終えた。

「ふたりっきりで旅……宿では同じ部屋で……ふたりっきりで……」

とか旅がはじまる前はドキマギして緊張していたけれど。

なんてことはない。

ユーリとリノンの部屋は別々だった。

初日だからか、こういう旅がはじめてだからか、あんなことこんなことを考えてその夜はなかなか寝つけなかった。

二日目。

だいじょばないことは起きず、何事もなく本日の予定通り宿場町に入った。

そしてこの日は宿場からすこし離れた屋敷ではなく一軒家に着いた。

家のなかに入ってみると、昨晩宿泊した屋敷などよりも随分と生活感があった。

ついさっきまで誰かがここですごしていたような雰囲気がある。

「安心してください。こちらも『大丈夫』な者から提供された場所ですので」

とリノンは言っていた。

そして、その日もユーリはリノン以外の顔を見ることがなかった。

もちろん、部屋も別々だった。

その日は、二日目で疲れていたのか、きのう眠れなかったからか、それとも旅になれてきたのか、気絶するように眠りに落ちた。

三日目。

馬車に乗りこむ前に、

「本日正午すぎには王都にたどり着きそうです。王宮には陽が沈んでから参りましょう」

リノンが言った。

「王宮へ？　行くの？」

「もちろんです。国王陛下《へいか》にお逢いするために島を出てきたんですから」

「こ、国王さまに何故、ボクが？」

「しっかりしてください勇者さま。あなたは、生まれ故郷の十一月之国公認ではなく、四月之国が公認した〝勇者〟なんですよ」

国王という響きにいささかテンパったが、たしか、坐学でそんな話を聞いたのを思い出す。

魔王の登場により危機に陥《おちい》った国々は、それぞれの国からひとりの〝勇者〟を選出したと。

十一月之国ではすでに勇者がいたこともあり、当時のユーリ・オウルガが紆余曲折《うよきょくせつ》を経て、四月之国での選抜試練を突破し、勇者として任命された。

勇者にまつわる紆余曲折はこれまでの坐学や馬車のなかで講義を受けていた。

「ですので。勇者さまが『目覚められた』と国王陛下にお知らせにいくんです。ついでに確認しておきたいこともありますし」

そっか。なるほど。とユーリは納得した。

なので『確認しておきたいこと』の内容までは訊かなかった。

リノンの本当の目的が確認だとも知らず。

†

馬が疲れて不機嫌になってしまい、予定よりも休憩を長く取ったこと以外はトラブルなく、正午過ぎアフタヌーンティの時間には王都に到着しそうだった。

王都に近づくにつれ、これまでの田舎道とは景色が徐々に変わっていった。

岩や崖《がけ》や木々や草花。それらに混じって、建物などの人工物が増えていく。

村では見ることがなかった監視用の大きな展望施設があった。

カーテン越しでうっすらとしていてユーリは見ることができなかったけれども。

「王都が近づいてるんだなあ」

と実感が湧いてくるのには十分な情報量だ。

しかし、それと同時に、

「なんか、息が苦しい」

そう感じるようになってきた。

胸もとをぎゅっと押さえられているような、喉もとをゆっくりと真綿で締めつけられていくようなそんな感覚だ。

そして、それがどんどん強くなる。

ビリビリと空気が弾けそうなほど震えているのが、肌に感じられるようになってきた。

「コレ、なんだ!?」

そう思った。

そのときだ。


——ごぉおおおおおおおおぉううううううううううううううぅん!!

雷がすぐ傍で落ちたような激しい音が鳴った。空気が震える。

それは魔法じゃない。『法具』によるものだった。

ガガガガガガガガガッ！

と急ブレーキがかかった馬車が横滑りして車体が軋む。

車内は大騒ぎだった。

ユーリしかいなかったが。

「うわぁ！　なに!?　なになに!?」

車内でもんどり打って壁に身体をしたたか打ちつけた。

車内の喧騒《けんそう》とは正反対に、馬車を停車させたリノンは、

「このタイミングで来ましたか」

ひどく冷静に〝ソレ〟を視界にとらえてた。

「リノンさん、何があったの!?」

伝声管で御者台のリノンに呼びかける。

『確認します。勇者さまはそのまま車内にいてください』

「判った……！」

リノンの指示に素直に従い、ユーリは車内に留まる。

御者台から降りたリノンは〝ソレ〟を見やった。

十メートルほど先、行く手を阻《はば》みソレは立ちはだかっていた。

ソレは、白銀の鎧《よろい》で秋の麦畑を思わせる黄金色の長い髪と合わさると神々しくも見える。

反して、ソレは人間の姿をしているが、表情は異形《いぎょう》の者のように醜《みにく》く険しく歪んでいた。

「――ようやく。ようやくだ……見つけたぞ、この卑劣な雌狗《めすいぬ》めぇぇ……ッ!!」

激憤に全身の血をたぎらせ、ソレは両肩をワナワナ震わせた。

「わたしをお捜しですか?」

地獄から響いてくるような低音と金切り声が混じるソレに対して、リノンはひどく穏やかな口調で言う。

「当たり前だろうが、当然だろうが！　俺がキサマを捜し廻っていた理由を！　判っていただろう！　俺がくるのを!!」

ソレの言葉が波動のようになって空気を震わせる。

馬車の車内にいるユーリにもその声は届いた。

「顔見知り、なの?」

アレと?

ユーリは、窓にかかるカーテンをすこしだけ開いて、外の様子をうかがう。

馬車の傍らに立つリノンの後ろ姿が見えた。

そこから視線を飛ばす。

奥歯が砕けるほど歯を食いしばり、噴火しそうな怒りをぎりぎりと抑えこんでいるソレの姿が確認できた。

「だ、ダレ!?　コワい！」

ソレの怒りに空気がビリビリと鳴る。

「これから所用がありますので、要件なら手短にお願いします。または、後日ということで」

「――巫山戯《ふざけ》るなぁぁぁぁぁ！」

ソレが叫ぶと、肌に触れた空気が電気を帯びているみたいにピリピリする。

「一年だ。一年だぞ？　約一年もの間、捜し廻ったぞ……！」

ソレは、リノンの行方を追っていたようだ。

「コソコソと何処に隠れていやがった!?」

ソレが言う。

「何処も何も、ずっと四月之国に居ましたが？」

あっけらかんとリノンは答えた。

どうも、ソレとリノンのテンションが釣り合わない。

「キサマらしき存在を確認したという情報を得たのが、二日前……、さんざっぱら捜し廻って何の手がかりもなかった……さすが、あの《赫蜻蛉《アカカゲ》》の率いた『王の庭』の生き残りというべきか……？」

「あら、わたしのことを調べたんですね」

リノンはうれしそうに笑う。というより、嗤《わら》う。

「舐めるな。俺は魔王を倒した〝英雄〟のひとりだぞ？　子飼いの情報屋くらいいる！」

「あらまあ、お偉いんですねぇ」

完全に小馬鹿にしたようなリノンの口振りに、

「り、リノンさん、挑発してるの!?」

ユーリは不安になった。

「黙れ雌狗がッッ!!」

案の定、ソレがぶち切れる。

「俺を知ってるだろう！　俺を！　この、魔王に挑んだ九十九人のひとり『閃光雷鳴《せんこうらいめい》』の騎士アーロン・ホッジンズを!!」

黄金色の髪の毛を逆立て、激しい怒りが沸点に達した。

「アーロン・ホッジンズ……。…………──ダレ？」

勇者の記憶のないユーリは、もちろん知らない。

ソレは──アーロンは四月之国の騎士だった。

「ああ、そういうお名前なんですね、騎士さま」

まったく動じず挑発行為をするリノン。

アーロンとリノンの間に何かがあったのか。

アカカゲだの、王の庭だのユーリにはよく判らない単語が飛び交ってるし。

いますぐ出ていって、「なんなの!?」と割って入りたかった。

アーロンが〝勇者〟の仲間なら、勇者のフリした自分が出ていけば、解決の糸口になるかもしれない。

そう思って、いてもたってもいられず馬車のドアに手をかけたが、

「出てきてはいけません。温和《おとな》しくしていてください」

リノンに制されてしまった。

しかも視線も顔もこちらに向けず、口も唇すら動かさずにユーリにだけ聞こえる声で。

どうやっているのかユーリには判らなかったが、特殊な発声法の一種らしい。

これによって、リノンは口を閉じて唇も動いていないのに、ユーリに話しかけることができる。

遮蔽物《しゃへいぶつ》がなければ、一、二メートルくらいならそのまま、ほかのひとには聞こえないようにピンポイントに対象相手を選んで会話することができる。

いまは、伝声管を狙っているらしく、そこから声が聞こえてきていた。

「莫迦《ばか》にするのもいい加減にしろよぉ。あくまでもとぼけるなら——見せてやるよ！」

そう言うとアーロンは白銀鎧の胸当てをみずから剝《は》ぎ取った。

ガランガランと冷たい音を立てて、放り投げられた鎧が地面を転がる。

「見せてやる！　見せてやろうとも！　その悪魔的な目でしっかりと見ろ！　そして思い出せ！　キサマが俺に犯した悪行を!!」

アーロンは、腰に差した剣に――ではなく、

「これを――見ろクソがぁぁぁぁぁぁぁぁっぁぁっぁぁっぁぁっぁぁぁぁぁっぁっぁぁっっ!!」

鎧の下に着ていた首元まである赫い衣服に手をかけると、ビリビリに引き裂いた。

あらわになる上半身。

ユーリは何が起こってるんだと思考が追いつかない。

それと同時に、違和感を覚えた。

「コイツは、キサマが俺に仕掛けた代物《しろもの》だ！」

そう叫ぶアーロン。

騎士というからに筋骨隆々な体軀を想像したが、細身でともすれば貧相《ひんそう》に見えた。

そして、衣服で隠れていた首元に――黒いヤツが巻きついていた。

黒いヤツの一部は、アーロンの心臓のあたりにまで達している。

その様は、蛇《へび》がアーロンの首に巻きつきながら心臓を食べようとしてるかのようだった。

しかもそれはあながち間違いでもなかった。

「素敵な刺青《タトゥー》ですね」

戯《ふざ》けたふうにリノンが言う。

「タトゥー?」

言われてみれば、たしかにそんなようにも見える。

ユーリは、アーロンの首に蛇のように巻きつく黒いヤツをあらためてよく観察した。

何かが巻きついてると思った黒いヤツは、肌に直接何かが描かれてるようにも見えてきた。

「コケにしやがってぇぇ、コイツはキサマが俺に取りつけた『法具』だろうがぁぁぁっ!」

アーロンが吠《ほ》える。

また空気がビリビリと鳴った。

震えているというより、

「帯電してる……」

静電気の類のような感じがした。

しかしそれもどんどんと感じなくなっていく。

まるで、焦燥していくアーロンと同調するように。

——ガクン! といきなり、アーロンが膝から崩れ落ちた。

「コイツのせいで俺は俺でなくなった!」

自分の首を絞めるように黒い法具に手をやるアーロン。

悲痛な叫び声だった。

頭部から血が噴き出しそうなくらい黄金色の長髪をかきむしりながら、

「――法具を外せ……!!」

アーロンがゆっくりと上体を持ち上げる。

折り曲げた首をもたげ、恨《うら》めしくリノンを睨《にら》みつける。

そして、一歩、また一歩と弱々しく重い足を引きずるようにして前進をはじめた。

一歩踏み出すたび、法具の巻きついた首がガクン、ガクンと不規則な振り子のように揺れる。

「外せ！　外せ！　外せ！　外せ……！」

呪いの呪文でも詠唱するごとくアーロンは、ブツブツ呟きながらなおも接近してくる。

「リノンさん……！」

ユーリは車内でそれの様子をやきもきしながら見ていて、大声を出しそうになった。

ぐっと堪《こら》える。けど、

「なんで、リノンさんは何もしないの!?」

リノンは、アーロンが近づくのを黙って見ていた。

「野生動物の観察じゃないんだから……！」

思わずユーリは小声でツッコミを入れてしまう。

ユーリはいますぐ、ここから飛び出したくなった。

すでに馬車のドアの留め具に手をかけた状態だ。

リノンの言いつけを守ってグッと堪えてはいるけれど。

「外せぇ……、外せぇ……」

アーロンとリノンの間の距離は五メートルを切った。

三メートル。

二メートル。

一メートル。

アーロンが腰の剣に手を伸ばし、引き抜けばもはや容易に届く。

「もう！」

ユーリは堪えきれず、外へ飛び出そうとドアに手をかけた。

すると、

「コイツのせいで、俺は死んだも同然だぁ」

アーロンが言った。

うっすらドアが開いてしまったが、ユーリは外へ出るのを止めた。

馬車のすぐ傍までできたが、アーロンはユーリには気づいてないようだった。

「なんで、どうして、こんな法具を俺に取《と》り憑《つ》けた……!?」

「一年も経ったのに判りませんか？」

そこでようやくリノンが口開いた。

「俺はただ、人生を謳歌《おうか》していただけだ」

「なら、人生を謳歌しすぎたようですね。お遊びが過ぎたのでは？」

「そんなもの知るかよぉ。俺だけじゃない、相手があってのコトだ」

「わたしは、男女の情事情愛についてとやかく言う筋合いでもありません。ですが、〝相手〟が悪かったんです」

「欲にまみれた者に男も女もないだろう」

「ですから、〝相手〟が悪かった。なにしろ、お相手は、四月之国第二王女さまですから」

「……——グッ」

アーロンは言葉を呑みこむ。

馬車のなかでは、それを聞いてしまったユーリが生唾を呑みこんだ。

「……お、王女さま……に!?」

おそらく十中八九、アーロンが第二王女に——手を出してしまったことは、中身十四歳のユーリにだって容易に見当がつく。

アーロンが王女にちょっかいをかけたのか、王女がアーロンを誘惑したのか、そこまでは判らないが、

「ヤバそう……」

田舎者のユーリにとって王さまや王族というのは遥か頭上、雲の上の存在だ。

「相手が悪かった」

その科白から、アーロンと王女が祝福されない関係だったと想像できる。

結果、アーロンはいま現在、こんなにも苦しんでいる。

ということだけど、

「それとリノンさんがどう関わって……？」

アーロンの口振りからすると、彼に黒い法具を——取り憑けたのはリノン。

リノンもそれは否定してない。

ユーリは、いつでも外に飛び出せる態勢をとりつつ状況を見守ることにした。

その刹那。

アーロンが膝から崩れ落ち、地面につっぷした。

「頼むよぉぉぉ！」

アーロンは号泣する。

憎しみと哀しみと怒りと苦しみと不安と恐怖と嫌悪などいろんな感情が、一気に沸き上がった顔面はぐちゃぐちゃになっている。

勇者とともに魔王を倒した英雄が、涙と鼻水を垂れ流しながら、

「法具を外してくれぇぇぇぇぇ」

懇願している。

情緒が不安定すぎる。

「どんな過酷な目にあったんだ……」

ユーリは、アーロンのちいさく丸まった背中を呆然と眺めていた。

「その法具は、国王陛下からの温情です」

リノンがアーロンを見下ろしながら、言った。

「おんじょぉぉ？　これの何処がだ!?」

アーロンがガバッと顔を上げる。

「法具があるから、国王にとってあなたは——取るに足らない存在となった」

「クソがぁ、こんなもんがあるせいで好きな女も抱けなくなった……！」

「その法具は『緊箍児《きんこじ》』と言って、あなたの〝卑《いや》しい心〟に反応しますから」

「女を抱こうとする度、いや！　女に好意を持つだけでも、この法具が俺を苦しめる！」

「それはあなたが卑しいだけでなく、疚《やま》しい気持ちもすくなからずあるからでは？　王女さまのときのように」

「卑しく疚しくて何が悪い!?　人間の本質だろぉぉ。キサマだって、その卑しさ疚しさを利用して、俺に〝色仕かけ〟してきたんだろう！」

色仕かけという単語にユーリはブルッと身を震わせてしまう。

一瞬、心臓がキュッと締めつけられた。

「あなたにはそれが一番効果的でしたから」

「国王の狗が！　薄汚い真似で俺をおとしめやがって！」

「その狗のおかげであなたはいま、生きて此処に居る」

リノンの声は穏やかに聞こえた。

だけど、ユーリからはリノンの表情は見えず、アーロンが彼女を見上げ身を震わせているのは目に入ってくる。

視覚情報だけなら、リノンがアーロンを咎《とが》めてるようにも見える。

「へんな気分になってきた……」

ユーリの口からため息がこぼれそうになった。

リノンとアーロンの間には、様々な事情や感情がややこしく複雑に絡まってる。

これを理解するには中身が十四歳のユーリには到底難しかった。

「外せぇぇ」

地獄から這い出る魑魅魍魎《ちみもうりょう》のような呻り声とともにアーロンが手を伸ばす。

リノンの服をつかんだ。

「外せぇぇぇぇ」

低い音と高い音が混じった奇っ怪な呻り声を上げる。

「できません」

しかしリノンは言った。

「コイツの能力は、俺から精力を奪うだけじゃない！　体力、魔力、ありとあらゆるチカラが吸い取られる！」

「緊箍児《きんこじ》はあなたの魔力や生命力を糧《かて》に発動していますから」

「判っているなら外せぇぇ。コイツのせいで、騎士としても俺は役立たずだ……！」

軟派な騎士だったとしても、アーロンにも騎士としての誇りがあった。

緊箍児《きんこじ》によって常に体力魔力などを奪われるというのは、騎士としての活動にも影響を及ぼすようだ。

だから、アーロンはこんなに必死なんだ。

と思った。が、

「まさか、あなたの色欲が生命活動にも影響を及ぼすなんて、こちらも計算外でした」

「なん、だとぉぉぉ」

アーロンの両手がリノンをつかむ。

立ち上がると、リノンとアーロンの身長差はかなりあった。

「あなたは色欲性欲肉欲がそのまま生命活動に繋がっていたということです。緊箍児《きんこじ》はあなたの生きる気力を奪うほどの能力はありません。あくまであなたが〝悪戯《いたずら》〟をしなければすむ話でしたし」

つまり、アーロンは下半身で生きていると。

「……なんか、アレだな……ぁ」

アーロンにちょっぴり同情しつつもユーリは、なんかこそばゆい気持ちになる。

しかし、それでもアーロンにとって、首に取り憑いた緊箍児《きんこじ》は、生きる糧でもある騎士としての能力も誇りも奪ってしまっている。

かつて勇者とともに戦った『閃光雷鳴』と呼ばれた騎士は、もう此処には居ないに等《ひと》しい。

自分が蒔《ま》いた種とはいえ、到底受け入れられなかったんだろう。

が、

「王族に手を出して、生きているだけでもマシなのでは?」

リノンはきっぱりと言った。

声は変わらず穏やかで、ユーリは見えなかったが、きっといつものように微笑んでるんだろう。ただ、目はまったく笑ってないはず。

ユーリですら「さすがにもっと言い方があったんじゃ?」そう思ってしまった。

だから。

きっとそのせいだ。

——ついにアーロンが激情に駆られた。

「イカレクソ雌狐《めぎつね》めがぁぁぁぁぁぁぁぁぁぁぁぁぁっ!!」

アーロンが雄叫《おたけ》び、腰にぶら下げた剣を鞘から抜き払った。

剣先がわずかにリノンの前髪をかすめた。

その瞬間、

「――リノンさん!!」

ユーリは馬車を飛び出していた。

そして、つぎの瞬間には、アーロンの懐に飛びこんでいた。

「ナッ!?」

突然の襲来に対応できないアーロンを抱きかかえるとユーリは一気に押しこんだ。

アーロンを後退させ、リノンとの距離を稼ぐ。

「なっ、んだぁ!?　キサマはぁぁあっ！」

アーロンが困惑しながらも哮《たけ》る。

「あぁ、出てきてはいけないと、」

額に手をやり困った表情を浮かべるリノンに、

「ご、ゴメン、リノンさん！　気がついたら……っ」

振り向いてユーリは、素直に謝った。

すぐに、アーロンに向き直り言った。

「この場は、いったん！　いったん落ちつきましょう！」

「何を言って、ダレだおまえ」

言いかけて、アーロンは息を呑んだ。

「〝勇者〟……ッ!?」

「あ、え、知ってます？　ボクのこと？」

間の抜けたことを訊いてしまった。

そりゃそうだ。

アーロンは、勇者とともに魔王と戦ったパーティのひとりだというんだから。

勇者の顔を知っていて当然。

「うーん、見られてしまいましたか」

ユーリの背後で、リノンが残念そうに呟く。

「ほ、ほんと、ごめん！」

振り返ってユーリは、再び謝罪した。

「なんであの魔王を倒した勇者がその雌狐といっしょにいるんだ!?」

「え？　……あ！　そ、それはー……」

アーロンのほうに顔を向けるが、なんと言ったらいいか判らない。

勇者が一年も眠っていたことも、もちろん記憶がないことも口外禁止。というのがリノンとユーリの勇者再生計画（仮）の、世界を欺く共犯者としての決まりごとだ。

「どうしよう?」

口には出さなかったけど、そんな焦りを顔面に浮かび上げたおしてユーリは、また振り返りリノンに助けを求めた。

リノンを助けるために、さっそうと馬車から飛び出してきたくせに。

なんという頼りなさ。情けない。

「わたしはいま勇者さまの身のまわりのお世話をさせていただいております」

うやうやしくリノンが言った。

「お世話になってます」

何故か照れながらユーリは付け足す。

あと、格闘技とか勇者についてとか教えてもらってます。——とは言わなかった。

「キサマみたいな雌狐が勇者の世話係だと?」

なんだかアーロンは信じてない様子だ。

「そもそもわたしは四月之国に仕える者です。たとえ世話係じゃなかったとしても、四月之国公認の勇者さまと行動をともにすることに何の疑念がありましょうか」

もっともらしいことを飄々《ひょうひょう》とリノンは口に出して言った。

が、

「——キサマみたいな雌狐が、勇者と? 疑念はあるね。疑念ダラケだろう! どう考えても俺のときみたいに色仕かけでたらしこんだに違いない！　勇者が純粋すぎる田舎者だということにつけ入ったんだ！　間違いない!!」

アーロンは早口でまくし立てる。

もはや、リノンに対する負の感情が強すぎて、何を言っても無駄なのは目に見えていた。

「……どうしましょう、リノンさん」

振り返ると、

「勇者さま、」

「なんでしょう?」

「敬語禁止です。それと、」

「あ、うん」

「リノン。とお呼びください」

「……判った」

ユーリがうなずく。

「では、こうしましょう」

言って、リノンが一歩前へ出た。

当然、この場を収める解決策があるんだろう。そうに違いない。間違いない！

とユーリは思った。

しかしながら。

リノンはユーリを通り過ぎ、アーロンの眼前へ立った。

さらに一歩踏み出すような感じで、

「――えいっ」

軽いかけ声を放つ。

そのときにはもうアーロンの懐に入っていた。

あまりにも速く、あまりにも軽くてあまい声に、ユーリもアーロンもそれとは到底気づけなかった。


「――おぶぅぅつぅつぉぉおぉぉおぉおぉおぉおぉおおぉおぉおぅおぅおぅおぅぉぅおぉうぅぅう!!」


ブン撲ってた。

流れるような所作で。人間をブン撲るとはまるで思えないくらいに美しい動作で。

思いがけず、すこし見惚れてしまった。が――

アーロンの顔面をすこしの躊躇《ちゅうちょ》もなくブン撲っていた。

アーロンが風に舞う棒きれのように後方へ吹っ飛ぶ。

砂埃を巻き上げながら風に飛ばされた水桶《みずおけ》みたいに地面を転がり二度三度バウンドして、ようやく動きが止まった。

けれども！

「ちょ、ちょっと!?　リノンさんっ!?」

手のひらの埃をぱたぱた叩いているリノンに詰め寄る。

「リノンとお呼びくださいと言いましたよ。勇者さま?」

「いまはそこじゃないよ！　――なんで撲ったの!?」

「対処いたしました」

「た、対処!?」

「知られてしまったので、」

リノンが微笑む。

「勇者さまが〝此処《ここ》〟に居るということを、です」

やさしく微笑んでいた。

あいかわらず、目は笑ってなかった。

第三話『ふたたびあの空まで。』
track.3: On My Way Back Home

†

ユーリとリノン一行は、ティータイムにちょっと遅刻くらいの時刻に王都に入った。

地味な馬車のおかげか、リノンの配慮のおかげか、誰の気に留められることも誰の目にとまることも誰に咎められることも誰かに狙われることもなかった。

これまでの一軒家や屋敷ではなく、リノンは、今日は宿に泊まるという。

その宿も、

「大丈夫な宿ですから、ご安心を」

とユーリは言われた。

最後まで結局、何が大丈夫で何がだいじょばないのか判らなかったが、なんとなく思い当たる節はなきにしもあらず。

宿は、高級ホテルや上客相手の遊郭などがあるエリアにあった。

ユーリは、

「こんなに建物があるのに、静かだ……」

と周辺の様子に驚いた。

これなら何もない田舎のほうが喧《やかま》しい。

虫や動物や、村人の井戸端会議などいつも賑《にぎ》やかだ。


あらかじめリノンが押さえていた部屋に入る。

と、

「安心してください。勇者さま」

リノンが言った。

「安心……していいの、かなぁ……?」

今日に関しては、まるで安心できなかった。

理由は簡単。目線を下げると、

「――もごもごもごもごぁもごぁぐもももごごおっ!!」

床に布やらロープやらでぐるぐる巻きにされた男性が転がってる。

口を猿ぐつわのようなモノで塞《ふさ》がれ声が出せない。頭を床にこすりつけ長い金髪をぐちゃぐちゃにしてもがいてる。

この男性の名は、アーロン・ホッジンズ。

『閃光雷鳴』という呼び名を持つ騎士。

そして、かつて勇者とともに世界を救ったひとり。

それが何故、どうして、簀巻《すま》きにされて床に転がってるのか。

「もごごごごごごごおごごごごごご……!」

血走った目を剝き、こちらを威嚇《いかく》するように何かを必死に叫ぶがもちろん言葉にならない。

ユーリに対して救いを求めるよりも、

「こんなことしやがって覚えておけよ貴様ら絶対に許さん!!」

という激烈な視線だ。

「どうするの……このひと?」

簀巻きのアーロンを見て、不安にならないはずがない。

ユーリから三歩ほどうしろに下がって、控えてるというか、出入り口を押さえてるふうにも見えるリノンをちらり振り返る。

リノンは、

「そうですね。すこし煩《うるさ》いかもしれませんね」

冷静な態度でリノンが返す。

思えば、アーロンを拳でぶっ飛ばしたのもリノンなら、失神ノックアウトされたアーロンを手早く縛り上げ簀巻き状態にしたのもリノンだ。

おかげで、ユーリは、生まれてはじめて『大都市』にやってきたというのに、まるで堪能《たんのう》できていなかった。

「せっかく王都にきたんだからもうちょっと余裕があればよかったんだけど……」

ユーリにはまったく心の余裕がない。

ユーリもそうだけど、アーロンも違う意味で余裕はなさそう。

余裕があるのはリノンだけ。

いや、騎士をブチ負かし、簀巻きにし、床に転がして置いて平静で冷静でいられる。ってほうが逆に異常で、ユーリのほうが自然な反応のはず。

しかしリノンがあまりにも平然とした振る舞いをするから、ユーリが記憶を失くした三年で人の在り方も変わってしまったんだろうか。とも思ってしまう。

「いやいやいやいやいやいやいや」

言って、ユーリは頭のなかの声を自分で打ち消す。

が、ユーリが自問自答してる間に、

「――ハッ!?」

それに気がつかなった。

いつの間にか、もがくアーロンの傍らにリノンが立っていた。

リノンの手には、勇者が国王に頂戴した豪華絢爛な剣が握られて、

「もごがごんごんごごもごんごごごぉぉぉおもぉぉぉぉっっ!?」

アーロンがもがき狂ってる。

誰がどうみてもリノンがアーロンに剣を突き立てようとしてるに違いない！

「リ、リノンさん！　静かにするってそういうんじゃやくて！　おとなしくしてほしいってときに息の根を止めるのは違うんと思うんだ!?」

あわてて止める。が、

――どすん。


キラリと鈍く光るモノが床に突き立てられてた。

「リノンさん!?」

息を吐くどころか呑んでしまった。

声がヒュウと鳴って言葉に聞こえなかった。

「んご――……」

皮膚に触れそうなところに突き立てられている剣刃を横目で見ながら、アーロンはぴくぴく小刻みに震えている。

「わー、リノンさんリノンさん！」

ユーリは慌ててアーロンとリノンの間に立った。

「リノンとお呼びください」

にこりと微笑む。

目が……目が……笑ってない。

「わ、判ったから、リノンさ……リノン、いったん下がって」

そしてユーリは手振り身振りも加えて、リノンに数歩後退するように指示する。

「かしこまりました」

うやうやしく身をかがめ二歩、三歩と下がるリノン。

チャキンと剣を鞘に収めるのも目視で確認した。

「ありがとう」

言ってユーリは、アーロンの傍らにしゃがみこんだ。

背後からリノンが再び剣を振りかざしてこないかビクビクしつつだ。

ぱっと見、アーロンは無事そうだ。

その美麗な顔面にも傷は見当たらず。

「よかった」

ほっとしたものの、

「もごもごごもおごもごおごおもごごごもごごごぐぐ……！・」

アーロンは抗議の意志を簀巻きにされた身体をよじらせ、全身で表現する。

が、途中で身動きが緩慢になった。

「……もぐぐゅ……」

静かになった。

アーロンの視線を追ってみると。

ユーリの背後で、リノンが剣をちょっぴり抜いたり戻したりしてアーロンを威嚇していた。

「リノンさん、じゃなくて、リノンっ」

「勇者さまに危害を加えようとするのはもちろん、暴言すらも許しません」

リノンは、にっこりと、でも刺すような強い眼差《まなざ》しをアーロンに向ける。

「ボクは大丈夫。大丈夫だから」

「油断などされませんように。そんな輩《やから》でも元は王国騎士団の騎士ですから」

「『元』じゃない。俺はいまも王国騎士団の騎士だ！」

そんなふうに抗議するように、もごもごするアーロンだったが、

「そうでしたか？　元国王付騎士団特別任務騎士隊特化任務長アーロン・ホッジンズさま」

アーロンの反論の意に対し、リノンがわざわざ正確な情報を付け加えて、トドメで『元』も付けた。

「こんな状態でアレなんだけど、話を訊かせてもらってもいい？」

それと気づかず、ユーリはアーロンに問いかける。

アーロンは、ユーリにすこしだけ訝《いぶか》しげな視線を向けるが、状況が状況だけにしぶしぶ納得する。

納得しないとまたリノンが襲いかかってきそうだったからだ。

「ごごもごんごぐぐ」

アーロンが口を塞いでいるモノを外せと要求してくる。

話を訊かせてといいつつ、口を塞いだままだった。

ユーリは口を塞いでいるそれらを外そうと手を伸ばすと、

「騒いだらサックリいきますので」

にっこり微笑んでリノンが念押しする。

「……むぐ」

じと目をしつつもアーロンがこれを了承。

「んじゃ、外すね」

ユーリはアーロンの口を乱雑に塞いでたモノを解いてく。

「はい、もういいよ」

「――テメエ、この野郎！」

が。いきなりアーロンが声を張り上げた。

すぐ傍らで大きな声を上げられてユーリの鼓膜がキーンと悲鳴を上げた。

と、その刹那。

「――んごふゅ!!」

一瞬でアーロンが沈黙した。

「騎士さま、さきほど忠告しましたよね?」

リノンが微笑みを浮かべてそこに立っていた。

逆手に剣を持って。

そして、その剣尖《けんさき》がアーロンの口のなかに突っこまれていた。

ちょっとでも剣を動かせば、アーロンの口はすっぱりと分断されるだろう。

「ちょ、リノン!?」

「勇者さまのお慈悲を軽んじるようなことを騎士さまがなさるので、口を切り離そうかと」

「いいいいいいやあ、ダメだから。ボクそんな軽んじられてないと思う。うんたぶんそう、そうだよ、ね?　ね?」

ユーリは、口に剣を突っこまれてるアーロンに同意をうながした。

アーロンは身動きひとつできず（ちょっとでも動いたら口がスパッといく）高速瞬きで同意した。

「というアレで。リノン、剣を引いてくれると助かるんだけど……」

ユーリが言うと、

「判りました」

やっぱり素直にそれに従うリノン。

剣を口から抜き、鞘に戻す。

「はいはい、下がって下がって」

大きな身振り手振りでさっきよりもさらにうしろへリノンを後退させた。

「何かありましたらいつでも」

駆けつけます。とリノンは微笑んで控える。

「ふー……」

ユーリは額を伝う冷や汗を拭う。

「今度こそ、話をしようか」

ようやくまともに向き合える。

「……まったくだ。どうしてこんな……全部、あの——そこのイカレ女のせいだ……！」

発言を許されたアーロンがようやくまともに言葉を発する。

アーロンはリノンに怒りを募らせるが、ちゃんとユーリ的に適正ボリュームの声だった。

†

本来の目的は、国王との謁見《えっけん》だ。

閃光雷鳴の騎士をノックアウトし、そのまま拉致監禁《らちかんきん》することじゃあ、もちろんない！

なるべく秘密裏になるべく人目に付かずに目立たぬようにするはずだったが仕方なくだ。

国王には、勇者が目覚めたという報告をするとユーリはリノンから聞いた。

世間的に『勇者は現在、魔王戦や長い戦いで傷ついた身体と心を癒《いや》すため、休息を取ってる』ことになっている。

それを公表したのが、四月之国国王だ。

世界を救った勇者を公認した国の王の言葉に疑念を持つ者はいなかった。

休息が——目覚めないまま一年も眠りに落ちていたことだとは誰も知らない。

一方で、勇者としての記憶がまったく失われてる事実は、国王もアーロンにも知れていない。

それも含めて、国王に報告へ行くんだろうとユーリは勝手に思っていた。

「泣けてくる……」

宿の部屋。簀巻きで半身を起こしていたアーロンは、床に崩れるように倒れこんだ。

「あの魔王をも倒した勇者が、イカレオンナに手籠《てご》めにされているとは……」

「ちょっと、手籠め……って?」

ユーリはなんかよくないことを言われた気がした。

「お褒めにあずかり光栄です」

としかしリノンが恐縮してるんで、ユーリもまあいいかと流した。

「で、結局、リノンは、アーロンさんにいったい何を?」

ユーリが訊きたかったことを訊いた。

アーロンも自分に起こっている真実を知りたいのか、黙って聞く。

「古代より王族に手をあげた者は『手』を。足をかければ『足』を。度が過ぎれば『首』をというのが通例でした」

ユーリの問いに、まずリノンはさらっと怖い昔話をする。

いま現在、アーロンが生きているのが奇蹟だとする前置きだ。

「王女さまの問題でもありますし、内相からは『何卒《なにとぞ》穏便に』という話もあり、騎士さまの下《げ》世話《せわ》な部分が収まれば、今回のことも収めようとことで」

「コイツか……」

アーロンが言った。

当然。法具『緊箍児《きんこじ》』のこと。

「当時、わたしはまだ勇者付ではなく、国王直属の何でも係のようなところに属していました」

「国王直属の隠密部隊だろ？　たしかに何でも屋だったな。人からモノまでなんでも……」

言いかけて、アーロンは勇者の顔を見て、口をつぐんだ。

一応、勇者に対してリスペクトがあるらしい。

「田舎者で純粋すぎる勇者に聞かせる話じゃあない」という配慮だった。

アーロンが第二王女と恋仲未満の肉欲関係になり、それが国王の知るところとなったが、穏便に済ませることになった。

「で。法具を使ったのは、なんで？」

ユーリはリノンに訊ねる。

「魔法使いさまに法具をいただいたので」

リノンがシンプルに答えた。

「もらい物だったってこと？」

「はい」

リノンがうなずく。

「あんのやろう、クソみたいなもんをクソみたいなやつに渡しやがって……！」

魔法使いを知っているらしいアーロンは、その顔を思い浮かべたのか、苦々しい顔をした。

「魔法使いさまが音信不通になる以前、『何かに役立てば』と。本来の用途は巨大な魔力を持つ相手に取り憑いて魔力を吸収し、弱体化させるんですが」

「アーロンさんには、べつの副作用が出てしまった。ってゆう」

よこしまな肉欲色欲だけを封じたはずが、アーロンは魔力や精力など生命力に繋がるすべてが、色気に由来するような人間だったことが禍《わざわい》した。

アーロンを騎士として役立たずのポンコツ人間にしてしまった。

「本当にしようのないひとです。困りましたね」

口にはするがあまり困ってるように見えない。リノンはこの状況をなんだか楽しんでるふうにも見える。

ユーリは、面倒な状況にため息が出そうになった。

ぐっと押し戻す。

ため息どころか泣きたいのは、アーロンのほうだし。

「アーロンさんも、こんなに苦しんでるし、反省もしてるみたいだし、ね?」

ユーリはアーロンに訊ねる。

「おう！　もちろん、反省だ！　反省してる！　反省しまくりまくりだ！」

簀巻き状態でアーロンは何度も頭《こうべ》を垂れ、反省の意を表明しまくる。

「キコンジ？　だっけ、コレなんとかならないの？」

「緊箍児《きんこじ》ですね。勇者さまは本当に誰にでも誰に対してもお優しいんですね。かつて魔王を前にしてもそうだったと聞いています。そんな勇者さまだからこそ平和を取り戻すことができたのでしょう。さすがです！　さすがすぎます！　素敵すぎます！」

法具を外せないかどうか訊ねただけで、何故かリノンのテンションがブチ上がった。

リノンは恍惚《こうこつ》とした表情で両頬に手を当てている。

「ははは、で、どうにかならないの？」

苦笑いするしかなかった。

「勇者さまがそう仰るなら……」

と、リノンは言いかけて、しかし、

「――無理ですね」

きっぱりとリノンは〝否定〟をした。

首をふるふる左右に振る。

「――なんでだッ!?　反省した！　反省しているし！　誓う！　誓いもする！　もう王女には手は出さないし、近づきもしない！」

アーロンが床を這いずりながら、リノンに縋《すが》るように懇願《こんがん》する。

「それは当然です。けれど、そういうことではなくて、」

「じゃあどうすればいいの？」

床に這い蹲るアーロンに代わって、ユーリが問う。

「方法がないんです」

としかしリノンは困ったふうな顔になった。

「え？　というのは？」

どういうこと？

「緊箍児《きんこじ》を外すことができるのは、コレを造った魔法使い本人か、その魔法使いと契約していた王家の血筋だけなんです」

「じゃじゃじゃあじゃあ、じゃあ！　おまえじゃ外せないと!?」

アーロンが白目を剝きかけてた。

「はい。そういうことです」

そう言って、リノンは申し訳なさそうに伏し目がちになる。

今日は逆に目が笑ってる気がした。

「お、お、お、ぃおぉぉぉぉおぉぉぉ……～っ」

アーロンの口から悲鳴なのか嗚咽《おえつ》なのか、独特な声が漏れ出す。

「お、王家のひとにお願いする――ワケにはいかないかぁ、そうだよねぇ……！」

浮かんできた考えは、すぐに自分で否定した。

王女に手を出された国王の逆鱗《げきりん》に触れた結果が現状だ。

王家の人間に法具の解除を望むのは厳しい。

「でも、安心してください。先ほどから言っているように。法具の能力は本来、卑しい気持ちに反応して、騎士さまに何らかの〝罰〟を与えるだけです。魔力や体力の減退はいわば副産物です。以前のように女男誰彼構わず不貞行為を働こうとしなければ、日常生活に影響はないはずです。この一年間、そうだったのでは」

ああ、なんだそうか。とユーリは一瞬思ってしまったが、

「そんなもの何ひとつ安心できるか！　魔力やらなんやらを常に吸収されているせいで、俺は自分の能力の半分以下、いや六分の一も出せずにいるんだぞ!?」

アーロンは涙目で訴える。

「騎士としての俺は、死んだんだ……！」

「剣を振るうだけが騎士さまのお仕事ですか？」

リノンが訊いた。

「判っている。俺みたいなヤツでも騎士の端くれだ。勇者とともに戦った英雄のひとりだ。だから力がすべてではないと判ってはいる。判ってはいるが、騎士として……能力を奪われることがどれだけのことか……」

騎士としての誇りを奪われて、残っていた気力まで奪われたんだというのは、ユーリにも伝わってきた。

ユーリは記憶を失った。

その記憶のなかにある——何もかもを失った。

たいせつな何かを失くす意味も、影響の大きさもユーリは多少判ってるつもりだ。

「それに、だ！　誰とも愛し合うことすらできん！　この俺が！　閃光雷鳴の騎士と呼ばれた俺が！　この一年、誰も抱いてないどころか、指一本ふれてない！　何故なら、やましいことを考えた途端！　法具が死にそうなほどの電撃を放ってくるからだ！　よりにもよって俺から吸い取った魔力で閃光雷鳴の騎士の俺にな……!!」

閃光雷鳴の騎士。剣技と雷の魔法を組み合わせた戦法を得意とする。

話の前半もなかなかつらいだろうが、後半もつらい。

「法具を造った魔法使いのひとは、いま何処に？」

と訊ねてから、ユーリは、

「そっか、そうだ！　行方《ゆくえ》知れずなんだよね……」

そのときのアーロンの絶望的な表情ったらなかった。

「行方を捜す、手がかりとかは？」

ユーリはあきらめずに手がかりを求めた。

「ありません」

しかしリノンは首を縦に振ってくれなかった。

「あのひとは、歴史上最高の魔法使いの最後の弟子であり、現世界最高最強の魔法使いですから見つけ出すのは簡単じゃないでしょう。それに少々変わった方でしたし」

絶望する者をさらなる絶望の淵へ落っことす内容だった。

「でも、それじゃあ……」

簀巻きにされ床に転がるアーロンに目を向けた。

その姿はあまりにもひどく物悲しい。

せめて、

「拘束を解こう」

ユーリが提案する。

「仮に抵抗するようなら今度こそ、さっくり殺《や》ってしまいましょう」

リノンはすごく爽《さわ》やかな笑顔で冗談っぽく言う。

けど、ユーリにはまったく冗談に聞こえなかった。

だって、――目が笑ってないから。

†

簀巻きから解放されたアーロンは、抵抗することも暴れ出すこともなかった。

やけにおとなしくなって、ベッド脇のスツールに腰を下ろしてぼんやり天井を眺めている。

「自暴自棄《じぼうじき》にならなきゃいいんだけど」

ユーリは心配していた。

「お優しいことですが、勇者さまの本分をお忘れなきよう」

かつての勇者として振る舞うこと。

記憶を取り戻すこと。

「うん。判ってる」

ユーリはうなずく。


つぎの日。

リノンとユーリと、茫然自失で無気力だったアーロンも含めて、三人が泊まった宿は、外観から高級な雰囲気を醸《かも》し出《だ》す、三階建ての木造建築だ。

目立たないよう裏から入って、部屋までアーロンを担いでこそこそとしていたせいで、せっかくの宿をまるで堪能してなかった。

あらためて。部屋の外に出てすぐ、

「すっごい豪華な宿なんだね、ここ」

ユーリは感嘆を漏らした。

勇者の屋敷も絢爛豪華はなはだしいが、この宿もなかなかだ。

宿泊した部屋には寝室がよっつもあった。

そのうちひとつは使用人の部屋で、昨晩はそこに、

「ではわたしはこちらで」

とリノンが言うから、

「いやいやいやほかにも部屋あるし、なんならボクはちいさくて狭いほうが本当は落ちつく」

ユーリが代わって使用人部屋に泊まろうとした。

そうすると、さすがにリノンも、

「判りました。わたしもあちらの寝室にします」

使用人部屋じゃないべつの部屋に移ってくれた。

ほっとしてすぐ、自室としてあてがわれた部屋のベッドにダイブしたユーリは、そのまま気を失うように眠りに落ちた。

今朝、薄いカーテンから射しこんでくる陽の光で目覚める。


寝室を出るとリビングルームには、まだアーロンの姿があった。

昨晩、寝室に入る前に見たときと同じ、スツールに腰かけたままの姿だった。

「おはよう」

一応、声はかけたものの返事はなし。

そのあとリノンが用意してくれた朝食を食べ、リノンが用意してくれた小綺麗な服に着がえ

た。

これから王さまとの謁見だ。さすがに旅仕様のヨレヨレ姿で逢うワケにはいかない。

それくらいユーリ（十四歳）にも判ってる。

午前四時。

リノンとユーリは、国王がいる居城へ向かうことにした。

そのときもまだ、アーロンはスツールの上だった。

「このまま椅子と同化して、いつか朽ち果ててしまうんじゃや……」

そんなことを思ってユーリは不安になったが、

「いってくるね」

返事はないと判りつつも、ユーリはアーロンに声をかけた。

すると、

「――……気をつけろ……」

嗄《か》れた声で乾ききった口から空気を漏らしながら、アーロンが言った。

「え？」

思わずユーリが訊き返すと、

「国王には気をつけろ」

天井を見上げていた顔をユーリに向け、アーロンは『国王』の名を口にした。

それからゆっくりとそのうしろに控えるリノンのほうに顔を向けた。

「どういうこと？」

これから逢いに行く国の王に警戒しろとは？　ユーリは首をひねってしまう。

「あの王だぞ。おまえがこの一年、公表されていたように休息のため、諸国漫遊なんて戯《ざ》れ事《ごと》にかまけていたのが本当かどうかは知らん。しかし、王はその間もこの国の王だった、その意味、判るか？」

国王の発表に尾ひれが付いて、どうやら勇者はいま休息ついでに諸国漫遊の旅をしてることになってるらしい。

「いや、判らないけど」

問いかけに素直に困惑した表情を浮かべるユーリに、

「つたく、あいかわらずの田舎者特有の純朴な純粋さだな。真っ直ぐすぎるんだよ。他人を疑うということを知らないのか〝勇者さま〟は」

皮肉交じりにリノンのような呼び方でアーロンは愚痴《ぐち》った。

「俺がいくら立場のない騎士だからとはいってもだ。肩書きは伊達《だて》じゃない。国王付で元勇者パーティのひとりだぞ。城をぶらついていても誰も不思議に思わない。てことはほかの連中よりも城の内部がよく見えているし、聞かなくていい話も聞こえてくる」

それと騎士や政治屋たちが足の引っ張り合いをするなか、自分の立ち位置を見つけようともがいていたアーロンは誰よりも内部の様子を観察していた。

「で、気づいた。この国も世界も勇者を必要としているが――勇者が必ずしも勇者である必要はない。ってことだ」

「えーっと？　それって？」

ユーリは本当に意味が判らなかった。

「なるほどな。おまえはやっぱりそうだろうな、疑いもせずってか。だが、うしろのイカレ女は心当たりがあるようだぞ」

としかしアーロンは言って当てこすりに笑った。

「それを確認してまいります」

リノンはにっこりと微笑んで返した。

「なるほどな、それが今回の真の目的か」

納得したようにアーロンはまた上の空な表情になった。

無言で天井を眺めはじめた。

†

アーロンの言葉がユーリのなかで〝意味〟を持つのにそれほど時間はかからなかった。

「勇者さまが王都に帰還していることが城下街のひとたちに知られれば、大きな騒ぎになってしまいます。なにしろ、あの魔王を討った勇者さまが王都に帰ってくるのは一年ぶりですから」

リノンはさらっとユーリに勇者情報をインプットさせる。

騒ぎにならないよう早朝に国王の居城を目指すため、馬車に乗り宿をあとにした。

「カーテンを開けたり窓の外に顔を出さないようにお願いします」

王都までの道程よりもより慎重に。

リノンは、全身を覆うローブで顔まで隠して御者台に座っている。

言われたとおり、車内で温和しくしようと思うけど、すこし残念にも思った。

宿からも見えていた立派な城を間近に見たかったが、それは叶わないらしい。

馬車はほどなくして城に入っていった。

宿と同じように裏側からだった。

通常は、城に物資を搬入したり、城で働くひとたちが出入りする場所だ。

リノンとユーリは誰とも顔を合わせず城のなかに入り、誰にも逢うことなく待合室のような部屋までやってきた。

「ここで陛下との謁見までお待ちください」

案内はリノン。

勇者の世話係になるまで、リノンはここで任務に従事していた。

勝手知ったる古巣だ。

これから国王に逢うと思うと緊張してくる。豪華絢爛なソファに腰を下ろし、キョロキョロしてしまう。落ちつかない。

「リノンって、お城ではどんな仕事してたの?」

気を紛らわすため、なんとなくユーリはリノンに話しかけた。

お茶を淹れながら、

「平和になれば平和になったで、あらたな問題が多々あるものです」

そう言ってリノンは微笑んだ。

ユーリにはその表情がどこか哀しげに見えた。

気のせいかも知れない。

そわそわしながら結局数時間を過ごすことになった。

後半にはそわそわするのに疲れて、ソファでぐったり。

そんなときにようやく、

「――お時間です」

部屋の扉をノックする音が聞こえ、つづいて年配男性の落ちついた声がした。

「参りましょう」

リノンに従い、部屋の外に出る。

と、そこにはもう呼びかけた声の主は、見当たらなくなっていた。

午前九時十二分。

四月之国国王の居城。

謁見の間。

見上げるとひっくり返ってしまいそうな高い天井。

美しい彫刻がされた柱が何本も天井につづく。

敷かれた赫い花茣蓙《カーペット》の上を歩いて行くと正面に、階段状になった壇上に黄金色に輝く玉座があった。

これらが国王の趣味なのか、それとも何処の国の城や王宮もそうなのかユーリには比べることができないが、

「派手だなぁ」

と思った。

「こちらへ」

リノンにうながされて、玉座の手前で立ち止まる。

かしずくリノンの見よう見まねでユーリは頭を垂れ、ひざまずいた。

と、すぐにひとの気配がした。

階段状の場所に上がる寸前に、誰かが立った。
それからもう数人の足音がする。
正面に立った誰かが腰を下ろす衣擦《きぬず》れの音がやけに大きく耳に届くと、
「面《おもて》を上げよ」
そう呼びかける声に反応してユーリが顔を上げようとすると、
「――一度目は、顔を上げないでください」
すぐ傍らで囁《ささや》くように、ユーリにだけ聞こえる声でリノンが言った。
そうだった。ユーリは思い出した。
昨晩、国王に逢うときのしきたりのようなものがあると教えてもらっていた。
呼びかけに一度目は反応せず、二度目で顔を上げる。というものだ。
その意味は。特にない。そういうしきたりというだけらしい。
「面を上げよ」
もう一度、声がした。
ユーリは今度こそ、顔を上げた。
玉座に深々と腰かけ、頬杖《ほおづえ》をついてこちらを見ている国王の姿があった。
しかしこのときも国王を直視してはいけない。
やや目線を下げ国王の足もとに視線をやる。

これもしきたりだ。

「陛下、ご無沙汰しております。勇者ユーリ・オウルガに御座います」

そう言ったのはユーリじゃない。

従者としてユーリの背後に控えるリノンだった。

それも国王に直《じか》で言うのではなく、玉座の左下、ユーリたちより一段上がった場所に立っている『王の耳』と呼ばれる摂政《せっしょう》に、だ。

もはやその作法にほぼ意味はない。

その昔、王族とそれ以外では身分が違いすぎるゆえに、王族以外は王を肉眼で直接見てはならない。という決まりがあったらしい。

いまは、そんな決まりはなくなったが、これはその名残だろう。

なにしろ、王さまに逢うのは十四歳のユーリにははじめてのこと。

ゆえに、無駄な作法もまるで気にならなかった。

それよりも『国王』という雲の上の存在が、すぐそこにいる現実に高揚していた。

「勇者ユーリ・オウルガとその従者。国王陛下との謁見を許可する」

王の耳がそう宣言し、ようやくユーリは国王と会話を許される。

「あの魔王を討伐せし、勇者よ。余は其方《そなた》の復活を信じていたぞ」

国王が言う。

大仰《おおぎょう》でなんだか芝居の科白みたいなかったるい口調だった。

「陛下の様々なお計らい心より感謝いたします」

ユーリは昨晩の打ち合わせ通りの科白を口にする。

「気にせずともよい。世界を救いし勇者に対する労《ねぎら》いだ」

こちらも打ち合わせで予想した科白が一言一句間違いなく王の口から発せられた。

本当に形式だけなんだな、とユーリは感心すらしていた。

おかげで緊張もすこし和らいできた。

視線は王の足もとに向けつつも、視野は広く取る。

玉座に座る国王の左右には、ふたりずつ壮麗な軍服に身を包んだ少年少女たちがいた。

うしろ手に組んで、まったく同じ歩幅で足を広げて直立不動。

歳のころは、勇者（十七歳）よりももうすこし幼い。ユーリ（十四歳）と同年齢に見える。

少年少女たちはいったい誰なんだろうか。

「見たところ息災《そくさい》のようで、余はたいへんに胸をなで下ろしたぞ」

そうこうしているうちにも国王は科白の朗読をつづけていた。

勇者は無事で心と身体の傷を癒しながら諸国漫遊をしていると公に発表したのは、この国王なんだから、勇者が目覚め、ほっとしているのは嘘ではないだろう。

そう思ったが。

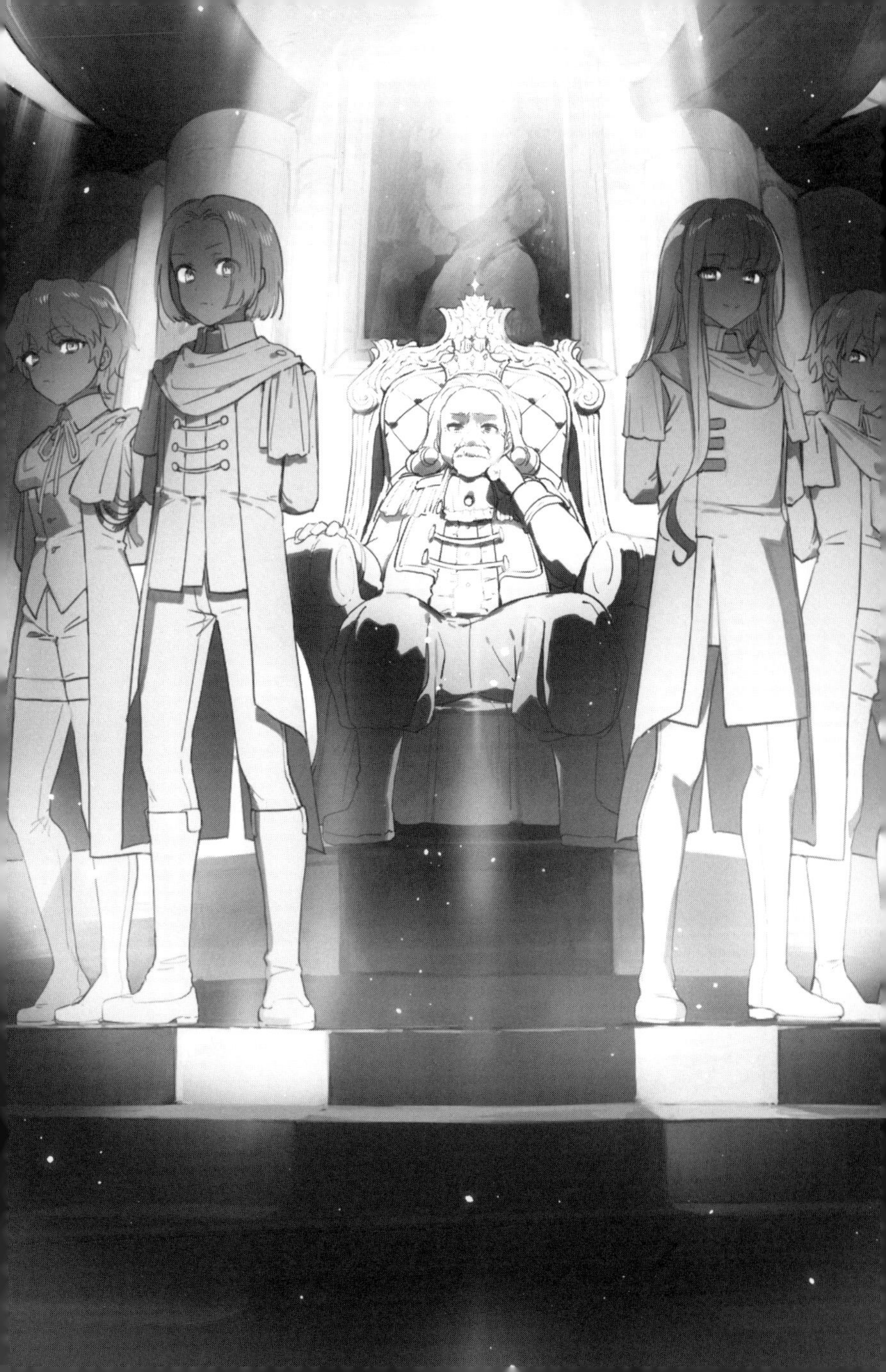

「で、どうなのだ？」

国王が訊ねてくる。

リノンと予測していたのとすこし違った。

「身体のほうはもうよいのか？」

さっき自分で息災のようだ言っておきながら、国王は質問をしてきた。

「はい。この通りです」

なので、ユーリは必要最低限の答えをしておいた。

「そうかそうか」

確かめるように何度もうなずき、

「今後はどうする？」

と訊ねてきた。

ユーリが答えようとするとそれよりも先に、

「公になっておる通り、諸国漫遊でもするのはどうか」

国王が何故か諸国漫遊の旅を勧めてきた。

どうも休息に諸国漫遊の旅の尾ひれが付いたのも、この国王が発端じゃないか。

それにいまの発言の意図。

勇者の不在を世界に隠すためとはいえ、仕方なく吐《つ》いた方便を真実にしようという。

なんともしたたか、悪く言えばセコいというか、しかし妙に腑に落ちた。

「多くの犠牲を払った。其方も深く傷ついたのであろう。ああそうだ、そうに違いない。その痛みたるや想像だにできぬがしかし、世界は其方の働きにより安寧を得た。そう、そうだ。そうなのだよ。其方はついに勇者という大役を果たしたのだ」

国王によるありがたい労いの言葉の数々だった。

しかし、どうにも変だ。

すっきりしない。受け入れるのに、勇者の記憶のないユーリですら抵抗感がある。

「此方《こちら》に控えている者たちは、余の——次期『王の剣』候補者たちだ」

国王が言った。

王の剣とは、四月之国国王の名代として戦う者のことを意味する。

ほかの国ではまた違ったりするが、四月之国で〝勇者〟に該当するのが『王の剣』だ。

つまり現在の『王の剣』はユーリということになる。

これらの仕組みについて事前にユーリはリノンに教わっていた。

驚くところはそこじゃない。

玉座の傍らにいるあの少年少女たちを——王の剣の〝次期〟〝候補者〟と言った。

「余は深く思慮した。と同時に大いなる不安を抱えた。この一年もの間『王の剣』を失っていたのであるから」

世界はそれを知らなかったが、勇者が不在だった一年。

「其方がもたらした太平の世のおかげで、大事には至りはしなかったが。魔王のような者が再び現れぬ保障は何処にもない」

ユーリには王の言いたいことが判らなかった。

何を言ってるんだ、この国王は？

勇者としてはじまったばかりのユーリには、到底受け入れがたい言葉の羅列《られつ》。

しかし王の言葉を遮《さえぎ》ることはできない。

温和《おとな》しく王の白々しい声が鳴り止むのを待つしかなかった。

「そこで余は考えた。やがて襲《く》るであろう危機に備えねばならぬと。この国のそして、世界の安寧を願うのも余の、王としての役割であると認識しておる。ただいまこのときには、其方がおる。しかし、――勇者に何が起こるともかぎらんではないか。そうであろう」

跪《ひざまず》くユーリに国王の顔は見えていない。

が、その表情が権力者の純粋な悪意に充ち満ちているのが目に見えるようだった。

「傷つき倒れた其方のことを思うと、胸が張り裂けそうになる。しかしもうよいのだ、余の想いを、すべての民の想いを背負わずとも」

ゾゾゾと背筋に薄ら寒いモノが這いずり廻る。

ああ、この王さまは――恐れているんだ。

〝国王〟よりも〝上位〟の存在に。

魔王を倒し、世界を救ったのは王じゃない。

勇者だ。

国民が、世界中が崇《あが》め奉《たてまつ》っているのは勇者。

民が支持するのは、世界を救った勇者を見出した王だから。

仮に勇者が反旗を翻《ひるがえ》せば、民もそれに倣《なら》うだろうと思っている。

むしろそれを恐れている。それしか恐れてない。

自分の権力を守ること、自分の地位を脅《おびや》かす何かから護ること。それで頭がいっぱい。

〝勇者〟という〝存在〟を完全に完璧に自分のモノにしなくてはならない。

他国からやってきた仮初《かりそ》めの『王の剣』ではなく、王みずからが選んだ――自分の手のなかに収まり、扱いやすい少年たちを勇者の首とすげ替えることで。

おそらくはじめのうちは、本当に、勇者が倒れたことを心配し不安に思っていた。

それでも、当初、王はユーリを助けようとしていたのは事実だ。

だから情報統制を敷き、情報操作まで行った。

だからこそ、屋敷を与え、勇者の回復を願った。

しかし、一年という月日は、王に『考える』時間をもたらした。

「勇者が――『王の剣』がいなくなることで他国に対し、脅威《きょうい》を与えることも優勢を保つことも難しくなる！」

そんな不安な思いが大きくなった。

「ああそうか。〝勇者〟であればそれでよい。たとえそれが誰であっても〝勇者〟は〝勇者〟なのだから。〝勇者〟がいることが重要であり、それ以外はたわいもない差異」

果たして王は、そう考えるに至る。

もはや勇者が目覚めなくてもかまわない。

むしろ、あらかじめ国王の意のままに動かせる後釜《あとがま》を用意しておいけばいい。

万一。勇者が復活したならば、後釜と首をすげ替えればいいだけ。

そして、王はいま、勇者《ユーリ》に『王の剣』を〝勇者〟の座を辞するよう遠廻しに宣告している。

遠廻しなのは、勇者が国民から支持されているからだ。

国王が勇者を強引にその座から引きずり下ろせば、非難を浴びるだろう。

諸外国からも世界を救った勇者への仕打ちを責め立てられるかもしれない。

そうならないよう、勇者みずから身を引くよう催促《うなが》している。

ユーリはそのことを本能的に理解した。

背筋が凍りそうな寒気にも不快感を覚えるが、不思議とほっとしている自分がいた。

だって、

——勇者という重荷をほかの誰かが背負ってくれる。

そう考えたら、ある日突然、勇者となってしまったユーリ（十四歳）にとってはまるで悪い話じゃない。

むしろ、勇者じゃないユーリにとっては名案かもしれない。

これまでみたいに急ごしらえで勇者になるような特訓やしごきも受けなくてすむ。

何度も地面に叩きつけられなくてもよくなる。

ゆっくりと記憶を取り戻す時間ができるかもしれない。

いいことだらけでは？

「——ダメです……！」

としかし、ユーリの脳裏にリノンの声が大きく鳴り響いた。

実際は、ユーリにしか聞こえない声で、だ。が、頭のなかに響き渡ってるようだった。

「王は〝勇者〟という存在が必要なだけです。誰でもいいんです。でも、勇者さまは勇者しかいません。世界を救ったのは——あなたなんですから！」

いつもは穏やかな口調のリノンが声を荒げる。

どういう理屈かそれはユーリにしか聞こえてなかったけれど。

世界を救ったのは——ボクじゃない。

ボクじゃない勇者だ。

ユーリは自分で自分を否定しそうになった。

「——勇者さま……ユーリ！」

リノンの声で、ハッとわれに返る。

「わたしの科白を陛下にそのまま伝えてください」

ユーリはリノンに言われるがままに、

「陛下、この身を案じていただきありがとうございます。諸国漫遊の件など改めて考えさせていただきたく思います。つい先日、一年もの眠りから覚めたばかりですので」

うやうやしく頭を垂れ、国王へと伝言する。

「そうか。そうだったな。ご苦労だった」

王に勇者引退を急かす素振りはなかった。

多少、芝居がかって前のめりだった姿勢を、玉座に深く座り直した。

その後、国王は立ち去る間際、頭を垂れる勇者に対して、一瞥《いちべつ》をくれると、

「勇者よ、平和になったとはいえ、何が起こるか判らぬ世だからのう。気をつけるがよい」

言って笑みを浮かべた。

その笑みをユーリが見ることはできなかったが、

「国王に気をつけろ」

というアーロンが今朝言った言葉の意味が判ったようだった。

そして、リノンが言っていた――

「確認したいこと」

とは、王の勇者に対する『意志』だったんだろう。

王の意志は判った。

†

「あれ、いなくなってる」

ふたりが宿に戻ると、アーロンの姿は消えていた。

「法具の解除が目的で、それができないとなればこちらに用はありませんからね」

リノンはあっさりとしたものだった。

「でも、本当にどうにかできないのかなー、アーロンさんの、法具……なんだっけ」

ソファに腰を下ろすと、気づかなかった疲れがどっと首や肩にのしかかってくる。

「緊箍児《きんこじ》ですね」

お茶の支度をしながらリノンが答える。

「あー、そうそうそれそれ」

ソファにぐったり横になった。

「ほんとにアレを解除できるのは、魔法使いのひとか王族のひとしかダメなの？」

「造った本人にはそう聞いてますけど」

「けど？」

語尾に何かを感じた。

「ひとつ可能性がないワケでは」

「え、そうなの」

ユーリは身体を起こした。

「ただ、可能性とは言っても確実なモノではありませんし。特にいまは、」

なんだかお茶を濁しつつ、リノンがお茶を運んできた。

ソファの前のテーブルにティーカップを並べ、ポットからお茶を注ぐ。

「何か方法があるのなら教えてよ。ってか、なんでアーロンさんに言ってあげなかったの？

もしかしての可能性を」

「それは、うーん」

やはり言葉を濁す。

「それって、すごい難しいの？」

「そうかもしませんし、そうじゃないかもしれません」

「可能性はなくないってことでしょ」

「そう、ですね。でも可能性は可能性。もし、それすら叶わないと騎士さまが知ったら」

「ああ……うん。落ちこむよね」

絶望のなかで希望を見つけたのに、その望みすら叶わなかったとしたら、さらに追い打ちをかけることになる。

「ボクにできることはない、よねぇ」

自虐的《じぎゃくてき》に言ってユーリはお茶を口に運ぶ。

「――ある。かもしれません」

「ぶっ！　ほ、ほんとに!?」

思わず口からお茶を噴き出してしまった。

「あらあら、」

リノンがナプキンでユーリの濡れた衣服などを拭おうと手を伸ばしてくる。

「ああ、大丈夫、だいじょうぶ。自分でやるから。それより、ボクにできることって?」

ナプキンを受け取り、自分で吐いたお茶の雫《しずく》を拭う。

「そう、ですねぇ。これはあくまでも可能性の話です。あまり期待を持たないよう」

念押しされ、うなずくユーリ。

でも心ははやる。

自分にもできることがあるかもしれない。

「──勇者さまの《魔法》です」

としかし、すぐに望みは打ち砕かれた。

「ま、まほう……」

かつての勇者には使えた魔法も、いまのユーリには使えない。

「魔法か……。ボクの魔法……」

「かつて勇者さまが物理的な部屋の鍵や魔法などで封じられた鍵などを開くのを見ました」

それが使えれば、もしかしたら緊箍児《きんこじ》も解除できるかもしれない。

でも、

「そっか……。だから、アーロンさんに言わなかったんだ。ボクが魔法使えないから……」

ユーリは自分自身の無力さにがっくりと肩を落とした。

これがアーロンならその喪失感たるや計り知れなかったろう。

リノンが話さずにいて正解だった。

「そういう問題ではなく、」

ところがリノンは首を振る。

「勇者さまは勇者さまです。きっといつか魔法も使える日がきます。記憶だって戻るかもしれませんん。けれど、勇者さまの魔法で緊箍児《きんこじ》が解除できる──という保証はないです」

「たしかに……」

仮に使えたとしても解除できるかもしれないし、できないかもしれない。

やってみなくては判らない。

「やれないけどね」

魔法使えないから。

「近いうちに必ず《魔法》は使えるようになります」

リノンは微笑む。

「だって、わたしの勇者さまですから、そうなってもらわなければ困ります」

自信たっぷりにリノンは笑った。

綺麗に笑った。

その期待に応える自信が、十四歳のユーリにはまだなかった。

†

寝室のベッドの上。

眠れずにぼんやりと天井を見上げていた。

時刻はもう午前二時を過ぎたころ。

勇者の魔法ならば、可能性がゼロではないことは判った。

勇者が魔法を使えるならば、の話。

「こんなんじゃ、本当にべつのひとに勇者をやってもらったほうがいい」

アーロンは、勇者が鍵を開ける魔法を使っていたことを知らなかった。もしくは知っているがすっかり忘れてしまっているか。

忘れているんだったら、思い出しもする。

「そのうち、戻ってきて《魔法》を使え！　勇者！　とか言い出すかもね……」

そのアーロンは何処へ行ったんだろう。

というか。

「ボクらもこれからどうするんだろう……」

リノンに聞いていたのは、勇者が目覚めたことを後見人の国王に報告するため首都までやってきた。ということ。

その国王にはさりげない〝勇者〟の引退を、文字通りの《勇退》を求められた。

こんなことなら、なんで勇者になろうとしてるんだろう。

「なんでボクが勇者に……」

それは簡単だった。

リノンだ。

リノンの期待に応えたい。

あんなにもこんなにも信じて助けてくれている。

記憶も失って、彼女の知っている勇者じゃないのに。

勇者のことを誰よりも、ユーリ自身よりもおそろしく詳しいのがリノンだ。

頼れるのもリノンだけだ。

「助けてもらってばっかりのくせに、誰かのチカラになりたいっていうのはおこがましいのかなぁ……」

アーロンのことを思い出して、ひとりごちた。

すると——

「おこがましいことなどないです！」

いきなり耳もとでひとの声が鳴った！

「ひぃぃっ！」

「お静かに……っ！」

悲鳴を上げそうになると細くて柔らかい手のひらが口を塞いできた。

恐怖で見開いた目で見た暗闇に、にゅるりと影が——人間の姿が浮かび上がってきた。

「リノンさんんっ!?」

「はい。御機嫌《ごきげん》よう勇者さま、わたしです」

リノンは小声で囁く。

「どうしてここに!?　てか、いつからここに!?」

つられて自然とユーリも声をひそめた。

「先ほどです。考えごとをされていたみたいなんでそっとしておこうと」

「いや、声かけてよ」

「申し訳ないです」

「それで。なんでボクの部屋にいるの……?」

「ちょっとした事態が起こりまして」

「ちょっとした事態?」

「現在この宿は——包囲されています」

闇に半分身を溶かしながら、リノンが小声でささやいた。

「ほ、包囲ぃぃ!?」

大声を上げそうになってまたリノンに手のひらで口を塞がれる。

「何者かが先ほど下の階に侵入しました。ここへたどり着くまであまり時間はかせげないかもしれません」

「侵入っていったい誰が……」

言いかけて、閃光雷鳴の騎士の顔が頭に浮かんできた。

もしかするとアーロンは、自分に緊箍児《きんこじ》を取り憑けたリノンに復讐《ふくしゅう》を企んでいるとは考えられなくもない。

が、「ないない」ユーリは思っただけで口には出さなかった。

昼間に正々堂々とユーリたちの前に立ちはだかり、怒りをぶつけてきたアーロンがいまさら闇討ちのようなことをするのは道理じゃない。

騎士という誇りを持っている彼らしくない。

「国王に気をつけろ」

と忠告をしてくれた。それに、

「アーロンさんってそんな悪いひとに思えないけど」

「そりゃあそうです。これは騎士さまの所業ではないです」

きっぱりとリノンが否定する。

「じゃあいったい？」

「さあ、誰でしょうね」

リノンは言葉を濁す。

〝敵〟の存在に気づいているが、

「ひとまず宿を出ましょう」

リノンは言った。

「うん」

「必要最低限のものだけお持ちください」

言われて、ユーリはベッドの上から転がるように床へ落ちる。

眠れずにずっと目を開いていたこともあり、暗闇に目が慣れている。それなのにリノンの接近には気づけなかった……が。

迷わずに荷物のところまでたどり着き、荷物を手に取った。

「剣は……いいか、うーん、一応持っておいたほうが……」

勇者が国王から贈られたという調度品のような剣が壁に立てかけてある。

剣としては相当な業物《わざもの》らしいが、いかんせん派手で無駄な装飾が多すぎる。

「いや、いいや」

置いておくことにした。

剣ならリノンに指南してもらったが、付け焼き刃で役に立つとも思えない。

加えて、昼間の国王の印象もあって、王から贈られた剣を手にする気にはなれなかった。

代わりに、

「これをお持ちください」

「わっ!?」

音もなくリノンが背後に控えていた。

「り、リノンさん、びっくりさせないで……！」

「失礼しました。勇者さま、こちらを」

リノンがベルトに通された短刀を手にしている。

「刀身の長い剣は狭い場所では不利になりますし、ナイフでの戦い方も学びましたよね？」

「うん、そう。そうだよね」

戦い方という言葉に緊張感が増す。ユーリがナイフを受け取ろうと手を伸ばすと、

「それと、勇者さま」

リノンがいったん、ナイフを引っこめた。

「ん、なに？」

「――リノンとお呼びください」

こんなときまでお決まりのように言って、にっこりとリノンは微笑んだ。

リノンからナイフを受け取ると、ユーリはベルトを腰に巻いてナイフを装着した。

しかし留め具がうまくハマらない。

暗がりなせいもあるが、指が、手がすこし震えていた。

「あれ？　ちょっと……」

「勇者さま、ここに金具を」

細いのにやわらかくてあったかい手がユーリの手に触れる。

そっとリノンが手伝ってくれた。

金具を押しこむと――ガチャリとやけに重厚な音を立ててハマった。

「ありがとう」

「このナイフは、勇者さまがずっと身に付けていたモノです」

リノンが言った。

「御守り代わりだと聞いています」

「そうなんだ」

言われても、やっぱりユーリにこの〝勇者〟のナイフの記憶はない。

けれど、勇者が『ナイフ』を身に付けていたことに関しては、なんだかいまの自分との繋がりのようなものを感じることができた。

いまのユーリにとって数ある武器のなかで、ナイフは唯一、手に馴染んだからだ。

そして、勇者は数々の武器をその場その場で臨機応変に取り替え切り替えて戦っていたと聞く。そんな勇者もナイフだけはずっと身に付けていた。

すこしだけ、ほっとした気分になる。

「リノン、これからどうするの?」

ユーリは訊ねる。

「では、すばやくここを出ましょう――と言いたいところなのですが、」

「え、どうかしの？」

「ちょっと時間を取りすぎちゃったみたいで。——もう来ちゃいました」

「え？」

「目と耳を塞いで！」

「わっ⁉」

リノンが言いながら襲いかかるように押し倒し覆い被さってきた。

とうとう何かされるのか⁉

こんなときにさすがのリノンでもそんなことはなく。


——ガシャン!!

窓硝子が割れる音がした瞬間、

——パァァァァァァァアンッ!!


すぐ、何かが爆ぜる大きな音が鳴り、部屋が真っ昼間のように明るく照らし出された。

〝何者〟かによる〝勇者〟を狙った襲撃が開始された。

「マジかよ……！」

アーロン・ホッジンズは、目前の光景に酔いが一気に醒《さ》めた。

ここに至るまでもきょうという一日は十分に散々だった。

勇者ことユーリとイカレ女ことリノンがいるはずの宿が炎に包まれようとしていた。

†

イカレ女が王都に向かっていると情報を得て強襲したが情けないことに返り討ちに……。

勇者とイカレ女に簀巻きで監禁され尋問を受ける。

そのあげく。

苦しめられている『緊箍児《きんこじ》』という結果的に――アーロンのすべての能力をいちじるしく低下させる法具の解除はできない事実を突きつけられた。

いまも刺青のようにアーロンの首から胸にかけて皮膚と同化している。

自暴自棄になるほど、もう気力は残ってなかった。

明るい未来を取り戻すため奮闘奔走《ふんとうほんそう》してきたが、その希望も潰《つい》えた。

「どうしてこんなことに……」

そもそもが自分の欲望にまみれた浅はかな行いの結果みたいなものだが、ここまでの仕打ちはないいんじゃないか。

考えるのを止めたら楽になるかと思ったが、足が震える。

「情けない……」

震えを抑えるためにも、

「酒だ酒だ！」

昼間っから酒場に繰り出すことにした。

それから何軒も店をハシゴし、日付が変わったころ最後の店へ。

朝から飲んでもフラフラにならなかったのは、腐っても騎士だからなのか、それとも人生お先真っ暗な恐怖に飲みこまれそうになってるからなのか。

どちらにせよ。

酒に溺《おぼ》れたフリでもなんでもしなきゃやってられなかった。

「あのさぁ、これから一杯どうだい？　もうすぐ仕事が終わるんだろう？」

店の給仕係にちょっかいを出したり、そのせいで従業員や屈強なおっさんたちに店外へつまみ出されたり。

ついでに袋叩きでぼっこぼこにされたが、べつに痛くもない。

魔力も能力も下がっていても、あれくらいの連中なら相手にできた。

あえて、それをしなかった。ただ、

「虚《むな》しい……」

道のまんなかで寝そべって、夜空を見上げる。

雲だらけで星のひとつも見えなかった。

「俺なんかには一筋の光もいらないってか……」

苦々しく、血の混じった唾を吐き出す。

目を閉じて、こんな場所で眠ってしまおうか。

眩しい朝陽で目を開いたときには、通りすがる街のひとびとに哀れまれて、嘲笑《あざわら》われるんだろう。

「魔王を倒したのは俺たちだぞ……」

いまこの平和を命を賭《と》して手にしたのは、自分たちがいたから。

「情けないいな……」

そんなこと言ってもしょうがない。

助けを求める誰かに手を差し伸べる。

誰かを護る。

それが《騎士》のはず。

魔法なんか使えなくてもいい。

どうせ龍脈も魔王に潰されて、まともに機能してない。

剣すらなくてもかまわない。

騎士としての誇りが剣となり楯となり魔法となるんだから。

「そうなんだよなぁ」

腐り笑顔でアーロンは立ち上がる。

いまの自分にはその力がない。

誰かを助けられるような強い想いもない。

魔王を倒した。

でも、本当に魔王を倒したのは——勇者だ。

アーロンは、その戦いの末端だった。自分ではそう思っている。

結果的に活躍をし、『国王付騎士団特別任務騎士隊特化任務長』なんてたいそうな肩書きを手にした。

が、なんの中身もない名前が偉そうなだけの居場所のない立場。

「どうせ、そんなもんさ。俺なんて……」

起き上がるとフラフラ当てもなく歩き出した。

一時間ほど彷徨い歩いただろうか。

正確な時間は判らない。

「クソがっ。アイツら、金も持っていきやがって」

さっきボコられたどさくさで金品を奪われた。

酔っ払って『剣』も何処かに放置してきたらしい。

騎士が剣を手放すなんて、ますます、

「どうかしてる……」

自分自身の凋落《ちょうらく》っぷりに笑いがこみ上げてくる。

「勇者はいいよなぁ」

そこにいるだけで誰からも寵愛《ちょうあい》を受けて、崇め奉られる。

「勇者なんて、まだあんなガキじゃないか」

そんなガキが世界を救ったんだ。

「ああいうやつが世界を救うんだ」

真っ直ぐで素直で純真な人間。

「しかし、アレはちょっと見た目よりガキすぎだな。田舎もんだからか？　あとオンナの趣味が悪すぎだろ。あんなイカレ女と……」

酔いに任せてブツブツ言っていると、

「ん？」

昼間あとにしたはずの、勇者とイカレ女が泊まっている宿の近くまできていた。

見覚えのある建物だ。

この辺りは、飲み屋や遊君宿《あそびやど》などが集まる場所とは違う。性質は同じだが、このあたりは上流階級向けの店や遊郭がある一角。

アーロンが監禁されていた勇者がいる宿も最高ランクに値する。

王宮以外で三階以上の高い建築物は、あの宿くらい。

しかも。ふたりが宿泊する部屋がある三階フロアには、ほかの宿泊客の姿はない。

ようは、ワンフロア全部借り切ってるってこと。

「さすがは勇者さまってか。あのイカレ女といまごろよろしくやって……」

暴言のひとつやふたつ吐き捨ててやろうと意気ごんでみたアーロンだったが、言葉も息も唾も全部、飲みこむことになった。

「なんだ……？」

見上げた宿。ユーリたちが宿泊する三階の部屋。

短い発光があった。

直後、炎が上がり、あっという間に燃え広がる。

「火事か……いや、」

アーロンはそれを戦場で嫌というほど目《ま》の当《あ》たりにした。

「アレは——魔法の類だ……ッ！」

本物の魔法か、それとも法具を使用した擬似的な魔法かは判らないが、間違いない！

つぎの瞬間、カッという閃光のあと、

——どぅおぉぉぉぉぉぉぉぉぉぉぉぉぉん!!


という爆発音が鳴り響く。

宿の三階の一部が吹き飛んでしまっている。

「おいおいおい、マジかよ。ここは街中だぞ!?」

たくさんの非武装の民間人がいる。

「勇者は何をやってるんだ……！」

アーロンは無我夢中で駆け出した。

†

閃光と破裂音がした。

が、ユーリはしっかり目を閉じ、耳は両手で塞いでいた。

「勇者さま、おケガは？」

耳を塞いでいるのにどうやっているのか、リノンの声が聞こえた。

うっすらと目を開けると、辺り一面に窓硝子の破片などが飛び散っている。

硝子の破片はユーリには降りかかってきてなかった。

リノンが覆い被さって、かばってくれたからだ。

「り、リノンさんも!?」

無事かと訊ねようとしたが、

「リノンとお呼びください」

唇を人差し指で塞がれ、こんなときに敬称について注意された。

もちろんいつもの笑顔で。

「頭を高く上げないようにして、立ってください」

言われて、ユーリは膝立ちになりなるべく低い姿勢をキープする。

リノンはユーリの身体に手を添え支えながら、顔を上げる。

周囲の様子をうかがった。

「間もなく〝敵〟の第一陣が来ます」

いまの閃光と破裂音は、ユーリたちの視覚と聴覚を刺激して方向感覚を失わせる牽制《けんせい》だ。

リノンの予測によりその効果はあまりユーリにはなかった。

「――きゃああああ！」

「――ぎゃああ！」

そのとき、いきなり部屋の外から何者かの悲鳴が聞こえてきた。

「な、なに!?」

断末魔のような叫び声にユーリは顔を青ざめさせる。

「こちらのトラップに敵が引っかかってるだけです。お気になさらず」

笑顔でリノンが言う。

リノンは敵の気配を察するや否や、すぐにこの部屋や同フロア一帯のあちらこちらにトラップを仕かけておいた――ワケじゃない。

あらかじめこういう状況に備えてあった。

そのためにワンフロア全部を借り切ったというのもある。

ほかにも理由はいくつかあるが、

「割愛します」

「かっつあい？　……うん」

一度はうなずいたが、

「――みぎゃあっぁぁぁあ」

「――ぎゃあぁぁあああぁぁ」

聞こえてくる悲鳴。

「いや、気になっちゃうな……！」

なるべく気にしないようにしよう。

「いまのうちに勇者さまは、あっちの部屋へ」

かがんだままの姿勢でリノンは、ユーリの手を引いて使用人部屋のほうへ誘導する。

「部屋の奥、食器の入った棚の裏側に隠し通路があります」

「隠し通路……!?」

「はい、そちらから二階に降りてください」

「二階に、ってどうやって？」

「行けば判ります。やってやれです」

リノンは、ぐいっとユーリの背中を押した。

「り、リノンは？」

「すぐに参ります。お先に」

「リノン！」

思わず、背中に触れたリノンの手を握ってしまう。

「ボクだけ先に行くなんて」

「お忘れですか、いざというときは全力で——お逃げください」

たしかに旅のはじまりにそんなことを言われた。それって、本当は、

「ボクが勇者じゃないから?」

「いいえ、勇者さまは勇者さまです。わたしの願いを叶えてくれるのは、勇者さまだけ」

「願い……?」

「はい。いつかその願いが叶ったとき、お話しいたしますね」

言って彼女は笑った。

こんなとき、本当の〝勇者〟ならどうするだろう。

なんて言うんだろう。

言葉に詰まっていると、部屋の扉の前、何かの気配があった。

「勇者さま、早く」

「……判った!」

ユーリは奥歯が砕けそうになるくらい噛みしめて、使用人部屋の隠し通路に向かう。

その背中を見送り、ユーリが使用人部屋へ吸いこまれていくのを確認してから、

「よいしょっ、と」

リノンは立ち上がった。

部屋のなかに、ひとつ、ふたつの〝影〟が音もなく伸びてくる。

影はやがて人型になって、姿を現した。

「あなたたち国王陛下の隠密部隊。でしょ?」

影に向かって、リノンは言った。

鎌をかけたんじゃなく、確信があってのことだった。

一年前まで自分が所属していた部隊だから判る。

「そっちはわたしのことを判ってるつもりだったかもしれないけど、わたしもそっちのことを知ってるの」

それ故に、各所にトラップをしかけた。

そして、それ故に、隠密部隊がトラップを避けられなかった。

しかしトラップですべて撃退できるなど楽観はしない。

現にトラップを抜けて、目の前にふたりの影が立っている。

もうほかにも複数の影がこちらに近づいているはずだ。

「仮に——あなたたちが陛下の命で、勇者さまのお命を奪いにきたとしたら。わたしもおなじ。国王陛下から仰せつかってるの。勇者さまのお世話をね。だからこれはどちらの命令が正しいか正しくないか。じゃないの。あなたたちの忠誠心が勝つか、わたしの勇者さまへの〝愛〟が勝つか。そういうことだわ」

影に、にこりと微笑むと、リノンは動いた。

その目はまるで笑ってなかった。

「――ぐぼぅ！」

影はその動きを捕捉《ほそく》できなかった。

リノンの一撃で影のひとりが、広い部屋の壁までブッ飛んでいった。

「はいっ」

かけ声はひどく軽かったが、その一撃は影を的確に捉えていた。

リノンの拳を影が両腕で防ぐ、しかし勢いを殺しきれずに後方へすっ飛んでいった。

それを逃さず、リノンは空中に舞い上がり、垂直落下で影のボディにストンピングを見舞う。

「つぎっ！」

三人目四人目……、複数の影がすでにこの部屋にいる。

「はい、そこ！」

飛びかかってきた影を廻し蹴りでたたき落とす。

そのままもう一回転して、もうひとつの影の顔面に膝を叩きこんだ。

影たちは闇夜に溶けこむ真っ黒な装備に身を包んでいる。

軽量で動きに特化した装備だが、その分、防御力は低い。

スピードとパワーで上廻るリノンなら、的確に攻撃を当ててやれば大ダメージを与えられる。

ここで〝敵〟を食い止め、ユーリが逃げる時間を稼ぐ。

そして、

「わたしが最高の勇者にしてみせます。そしてそのあかつきには——」

独りごちながらも、つぎからつぎへとやってくる影を迎撃していく。

このリビングルームのような広い部屋ではなく、もっと狭い通路などでやれば注意すべき位置は、正面だけに限定することもできる。

しかしリノンがそれを選択しなかったのは、広い部屋ならどんどん敵を溜めておけるからだ。

敵は人数をかけてくるだろう。

たったひとりのために。

一対一ではリノンに敵《かな》わなくても、複数ならば。

と考えるはずだ。

リノンでもそうするだろう。

でも、あえて、たったひとりで複数を一気に相手する。

すこしでもユーリに向かうだろう戦力を分散させるためだ。

ただ、相手は特殊部隊だ。

みずからの命もいとわない。

と、警戒している傍から——

暗闇のなか、部屋に入ってきた〝影〟の姿を視認する。

たがいに夜目がきくが、先に動いたのはリノン。

影の手に、円柱状（縦五センチ×横三センチほど）の法具が握られてるのを確認した。

使用時に引くトリガーが解除状態になっている。

法具を使う気満々だ。

「それは早くないですかっ？」

予想よりも早めに影が『法具』使用を解禁してきた。

「すぐに道具に頼るなんて、なさけない後輩たちですね」

相手の懐に飛びこんだリノンは、手にしていた法具のトリガーに指を引っかけて使用させないようにしつつ、反対の拳を影の土手っ腹にブチこんだ。

弾けるように影が吹っ飛び、家具をなぎ倒し壁に激突した。

攻撃を当てる前に法具を奪い取った。

誤作動しないようにトリガーをセーフティな位置に戻す。

「あれ、」

カチッと音がして、トリガーがセーフティになった。はずだったが。

妙な感触が指先を通して脳に伝達する。

そして、脳が気がつく。

「――フェイク!!」

トリガーの使用時状態とセーフティの位置が逆になっていた。

つまり、リノンは自分の手で法具を発動状態にしたということ。

「うっかりしました……！」

リノンはとっさに法具を投げ出した。いまさっき影がすっとんで壁に激突したほうへ。

そっちのほうが、ユーリのいる使用人部屋からすこしでも遠くになるからだ。

だったが。

「エーテル？」

リノンの鼻腔をくすぐるニオイ。

「油と薬品も……！」

混じっていた。

そこでようやく気づく。

壁に激突した影の身体から、液体が流れ出していることに。

それは影たちが証拠隠滅《いんめつ》等でよく使う混合物。

すごく簡単にいうなら——よく燃える液体。

発火しやすく、燃焼しやすく、温度も高くなり、さらに衝撃を与えられると爆発を起こしもする。

いまリノンがとっさに放り投げた法具が爆破などの効果をもたらす代物ならば——

「あらっ、まあっ！」

——どぉぉぉぉぉぉぉぉぉおっぉおぉぉぉぉおぉっぉぉぉん!!

激しい閃光とともに周囲が一瞬にして吹き飛んだ。

†

リノンが単騎でかつての同僚の〝影〟たちをブチ倒しているとき。

ユーリは使用人部屋の奥、キッチンの棚をいじくり倒していた。

「なんだ、どうやるんだコレ!?」

隠し通路の開き方が判らない。

リノンは隠し通路があるとは言ったが、どうやってその隠し通路が開くかは教えてくれなかった。

棚の外側にも裏側にもそれらしいものは何もない。

内側を調べてみる。食器を出してみたり戻してみたり、ひっくり返してみたりまた戻してみたり。すると、

「あ、これかな!?」

引き出しの奥に何かが引っかかっているのを発見した。

スプーンだ。何に引っかかってるのかは判らないが、握ってガタガタやってるうちに、すっぽり外れた。

「なんにも起こらない……！」

ただふつうにスプーンが引っかかってただけだ。

「どうすれば……！」

やぶれかぶれ、もう一度、引き出しに手を差し入れる。

何かあるはず。

何か。

「そうだ、こういうときは――」

よいイメージを持つことだ。

前向きに。

剣術や体術と同様に《魔法》を使うのも『イメージ』だとリノンが言ってた。

「イメージは大事。うまくいく、うまくいく」

そうして、ユーリはイメージした。

引き出しの奥に鍵穴があって、そこに『鍵』を挿し入れる。

鍵穴に合わない。

じゃあ、べつの鍵をイメージする。

すると、手に本物の鍵があるような気になってきた。

そうして、

――ガタン。

棚の背後で音が鳴った。

棚自体が扉のようにゆっくりと開きはじめた。

奥に空間があり、覗きこむと下へとつづく階段が見つかった。

「これだ……！　イメージって大切なんだなやっぱり！」

ユーリは本当に鍵穴が引き出しの奥にあって、さっきつかんだスプーンの柄がたまたま鍵穴に入って、偶然鍵が開いた。

と思った。

「偶然でもなんでも、開いたし！　よし！」

しかし喜んだのもつかの間、棚の扉のなかに入ってみる。と、

「暗いな……」

窓や灯りもなく、随分と暗い。薄暗いとかじゃなく重厚な闇だ。

「すっごい急……」

階段も緊急脱出用途だからなのか、角度が急すぎる。

降りるひとのことがまるで考えられてない。

「すべり落ちないように……ゆっくりと……」

自分に言い聞かせるように呟き、一歩を踏み出した。

その矢先。

爆音と激しい衝撃が襲いかかってきた。

リビングルームで起こった爆発のせいだった。

ユーリは階段を踏み外すどころか、宙に身体を投げ出され闇のなかへ落ちていってしまった。

†

その爆発で——宿が吹き飛ぶのを目の当たりにしたアーロンは、衝動的に走り出していた。

「冗談じゃないぞ……！」

ここは街中だ。あれほどの爆発だと、宿だけじゃなくて周辺にも被害がおよぶ。

国王付騎士団特別任務騎士隊特化任務長なんて肩書きなど形骸化《けいがいか》もはなはだしいが、アーロン・ホッジンズは腐っても騎士だった。

「だった。じゃない、いまもだろう、俺っ！」

内なる声に自分でツッコむ。

宿につづく通りにひとが溢《あふ》れはじめた。

爆発を見たひと、爆音を聞いたひと。

呆然とするひと、恐怖に顔を引きつらせるひと、不安で泣き出しそうなひと。

火が燃え広がっていく宿をみんなが見上げている。

何処からか、悲鳴が聞こえる。

誰かが誰かを呼ぶ声が聞こえる。

宿からはまだ距離があるが、ここまで吹き飛んだ残骸が飛来して、ほかの建物にも被害を与えていた。

「……ダレかぁぁぁぁぁっ！」

そんな瓦礫《がれき》の傍で、若い男性が声を上げていた。

「どうした!?」

あまりの悲痛な叫びに思わず方向転換して、アーロンは男性に駆け寄った。

「こ、この下に母が……！」

男性が言った。

その言葉通り、瓦礫の隙間に、わずかだが手を確認できた。

「待ってろ！」

頭から血を流しケガをしている男性の代わりにアーロンが瓦礫を撤去する。

「ぼ、僕も……」

ケガを押して作業を手伝おうとする男性に、

「いいから！　そこらへんに座ってろ、血が出すぎてる。そのうち卒倒しておまえがさきにくたばることになるぞ！」

男性はある種の興奮状態にあるため、自分のケガのヒドさに気づけてない。

まずは男性を落ちつかせなければ。

「おまえの母親は、美人か!?」

いきなりバカみたいなことを訊いた。

「い、いえ、ふつうです……」

何を訊かれてるのか判らず、頭が働かないまま男性は答えた。

「そうか！　じゃあ、その母親の顔を思い浮かべろ」

「……はい？」

「おまえが先に倒れてしまって力つきたら、哀しむのはそのひとだぞ」

「……母が……」

「そうだ。母親のためにもいまは堪えろ」

「……しかし、」

「助ける！　俺が助けるから、おまえは其処《そこ》に居ろ！」

アーロンが声を張り上げると、男性はすこし冷静さを取り戻したのか、はい。とうなずいた。

すぐに男性は、出血もありその場にへたりこんだ。

「聞こえるか!?　あんた!」

瓦礫の下になっている母親に向かって声を張り上げた。

母親から声は返ってこなかったが、すこしだけ見えている手が、指尖が動いた。

生きていることを伝える。

「よし、待ってろ。いますぐそこから出してやるから」

剣もなくて、魔法も使えない。

半分以下の能力もない。

それでも、

「騎士がひとを助けないで誰が助けるんだ!?」

アーロンは素手で瓦礫を取りのぞいていく。

身体の奥でおなじように埋もれていた騎士として『心』も取り戻していく。

†

「——ほんとにもぅ」

リノンは瓦礫をかき分け、外に出た。

というよりも、すでにここは〝外〟だった。

爆発の直前にソファなどの家具に身を隠し、直撃はさけられた。が、放り出された。

立ち上がり自分自身の状態を確かめる。

左腕とあばらにヒビ。ほかの傷はたいしたことない。

「よし、」

リノンは微笑む。

相手はまだまだやる気だ。

「あなたたちちょっとせっかちなんですね」

目の前の暗闇に向かってリノンは言う。

闇のなかからにゆるにゆると〝影〟が現れる。

じりじり間合いを詰めてくる影たち。

影たちはそれぞれ武器や法具を手にしている。

得意な戦い方に違いがあるんだろう。けど、基本的にはさっきみたいに人海戦術とチーム戦法だ。自分自身を囮《おとり》に使ったりもする。

この場に——囮のリノンがいるように。

「戦力を割くことはできたみたいですね。勇者さまもうまくやれてるといいんですが」

にっこりと微笑むリノン。

「勇者さまにつきっきりでお護りするのが道理でしょう。でもあなたたちの狙いが勇者さまだけなら、こうして此処に居るわたしに人員を割く必要はない」

しかし、実際は取り囲むほどの兵隊が送りこまれている。

その理由は、

「それはわたしもターゲットだから。でしょ？」

勇者と同じくリノンも排除の対象になってる。ってこと。

「その通りです。リノン・ヴィータ」

対峙《たいじ》する複数の影と影の間から、べつの人影が現れた。

「どう？　所属部隊の元仲間に追い詰められる気分は？」

もうひとりの人影が言う。

「御機嫌よう。勇者候補のみなさん」

リノンは笑みを崩さずに相手を見やる。

そこに姿を見せたのは、謁見のとき国王の傍らに控えていた四人の少年少女のうち、ふたり。

ふたりとも似た背格好で、同じような陰鬱《いんうつ》とした雰囲気を放っている。

ひとりはボブくらいの髪の少年で、もうひとりの髪は長いが性別は不詳。

「こんなところまで出向いていただいて、みなさまに感謝申し上げます」

驚きはなかった。

むしろ〝前〟勇者を倒すのは次期勇者だ。と直接、手を下しに現れるはずだ。

「いえいえ、こちらこそ。かの——《赫蜻蛉《アカカゲ》》率いる秘密特殊部隊『王の庭』の生き残りと、こうして手合わせしてもらうなんて。我が部隊の者たちも感激してるよ」

感情の薄い表情で大仰に勇者候補の少年が言った。

「勇者候補さまに、わたしのような者のことを知っていただけているなんて感動で涙が止まりません」

もちろんリノンの頬には涙の一滴もこぼれてない。

「感動ついでにぬけぬけとお訊ねいたします」

バカみたくへりくだる。

「隠密部隊や勇者候補さまたちはみなさん、国王陛下直属。つまり——これは国王陛下のご命令だと、そう解釈してもよろしいでしょうか？」

リノンが訊ねると、

「フフフ、解釈違いだな」

少年が笑う。

「まあ、解釈は個人の自由ってことで」

もうひとりはヘラヘラと笑った。

「なるほど。では、そのように」

リノンはうなずいて、

「国王陛下には、世界を救った勇者さまに対して〝排除〟命令を直接くだせるような度量はない。たとえば『ああ勇者が賊に襲われて命を落とすなどということなんてなければいい』などと〝お気持ち〟を呟かれたのを、たまたま耳にした摂政が、王に代わって今回の騒動を企てた」

ことの顚末《てんまつ》を言ってみせた。

それは、ほぼリノンの予想通りだった。

「フハハ。それが正解でも不正解でもどうでもいいじゃないか」

「ねえ、どうせ——消えるんだし」

少年ともうひとりは顔を見あわせて、笑いをこらえる。

「こうしてる時間も無駄にお喋りして、僕たちを此処に引き留めてるつもりだろう?」

「見て判らない？　ほかの勇者候補が、勇者を捜してるわ」

「もう見つけているころかな?」

「もうやっちゃってるかもね。だって一年も眠っていたんでしょう」

「その間、ずっと僕らは過酷な訓練を受けてきたんだ」

「お疲れさま、勇者。いや——元勇者か」

「かまわないだろう。だって、僕らがいる」

「僕らが勇者だ」

リノンの策略はお見通しだと、そして自分たちの手の内をさらしても平気だと余裕ぶる。

勇者候補はそれほどに自分たちに自信を持ち、その実力がある。かもしれない。

「うふふふ」

しかしリノンは笑ってる。

「なんだ。何が可笑《おか》しい?」

「さすがの『王の庭』も古いほうの勇者がなぶり殺されるかもしれないと知って、気が触れたんじゃない?」

不機嫌に少年ともうひとりは唇を尖《とが》らせた。

「申し訳ありません。ちゃんちゃら可笑しかったもので」

リノンは手で口もとの薄笑いを隠すような仕草をする。

「だから、何が可笑しい?」

余裕を見せるリノンに勇者候補たちが苛立《いらだ》つ。

この間に隠密部隊が周囲を取り囲み逃げ場はない。

そして、勇者《ユーリ》を超えるはずの勇者候補たちがユーリとリノンを追い詰めているはずなのに、まったく意に介してないどころか、笑っている。

勇者候補たちには、リノンが気が触れて狂ったようにしか見えなかった。

けれど。

リノンは、正常だ。

いや、クレイジーなままが正常だ。

「ほぼ筋書き通りなんですもの」

リノンが言った。

「なんだ、と?」

少年が眉をつり上げる。

「わたしが書いた筋書き通りだと言っているんです」

にっこりとリノンは口もとをつり上げる。

「国王が、世界を救った勇者さまの能力に、そのカリスマ性に、人心をつかんで離さない魅力に妬《ねた》み嫉《そね》み羨《うらや》み、やがて恨み恐れていたこと。自分が勇者に取って代わるため、あなたたちみたいな出来損《できそこ》ないの勇者候補を急造したこと。その他もろもろ、わたしが気づいていないと」

リノンは一歩踏み出す。

「眠っていた勇者さまが目覚めたことを、そんな国王に報告する必要はない。なら、どうしてわたしが内相を通じて伝えたのか?」

また一歩。

「それが漏れ伝わって、騎士さまに襲撃を受けたのは誤算でしたが。勇者さまのお元気な姿を見て、国王はさぞ焦ったことでしょう？　逸《はや》る気持ちで引退勧告などしてみたが勇者さまにその気はない。それでも一年もの時間眠り弱った勇者さまならばと浅く考えた」

「なにを言って……？」

勇者候補の少年は、リノンが何を言おうとしているのか本当に判らなかった。

だって、国王の思考を完全に読んでいるにもかかわらず、その考えに完全に乗ってきている。

いくらでも予防策はあったはずだ。

避ける方法はいくらでもあった。

「何故、おまえは此処に居る？」

勇者候補のもうひとりは、気づかないうちに後退《あとずさ》りしていた。

「わたしの思うがままに動いていただくためです」

さらに一歩、リノンが前へ出る。

「何を言っているんだ!?」

理解できなかった。

「おまえが言う通りなら、――どうして勇者をキケンにさらしている!?」

「おまえは勇者の従者だろう！」

何故か、勇者の保護について、勇者抹殺《まっさつ》を企む候補たちに責められる。

それもそうだ。

リノンの思惑《おもわく》は、まるで辻褄《つじつま》が合わない。

奇妙《きみょう》奇天烈《きてれつ》奇々怪々《ききかいかい》だった。

「——勇者を危機に追いこむのが目的だとでもいうのか!?」

バカバカしすぎて少年は口に出してみたが、よりいっそうバカらしくなった。

「そう、」

しかしリノンは否定しなかった。

「——そうなるようにわたしが導いたんです」

むしろ肯定した。

「ようやく目覚めた勇者さまがどうにも本来のチカラを取り戻せず落ちこんでらっしゃったので。目覚めへのちょっとした刺激や、覚醒へのきっかけを与えるために利用させていただいてます——どうもありがとう」

言って、リノンは笑った。

「あなたたちはどう足掻《あが》こうと勇者さまにはなれない。だって、あなたたちは、〝あの魔王〟を倒してはいない。だから、わたしの勇者さまが唯一の勇者さまなの」

ひどく綺麗に笑った。

「こんなに派手に、街に被害まで出して……でも、わたしの算段がもうすこしあまかったら、もっともっと大事になっていましたよ。このくらいでよかったですね」

と付け加える。

この場に、アーロンがいたらきっとこう言っていただろう。

「マジかよ。やっぱりイカレ女だったろ!?」

†

爆発の衝撃で、隠し通路の階段を転がり落ちたユーリは、しばらく気を失っていた。

ほどなくして、漂ってきた焦げ臭さに目を覚ました。

「つと、危なかったぁ……!」

何が起きたのか判らなかったが、隠し通路が瓦礫で埋まってしまってるのを見ると、運よく助かったようだ。

「ここは……二階に通じてるっていったっけ?」

辺りをきょろきょろとする。

隠し通路から漏れてくる煙と、灯りがないせいで視界はひどく悪い。

手探りで壁を伝う。

ここはおそらく掃除用具や備品の倉庫らしい。

外に出るドアを見つけ開けた。

「……こっちもか」

廊下に出たが、爆発の衝撃ですべての照明が消えていた。

しかし廊下の窓から見える景色は明るい。

光がゆらゆらと揺れる。

それが炎だと気づくのにすこしかかった。

「火災……!? リノンさんは……ッ!?」

急に不安になり、心細くなった。

三階に戻ろうにもすでに隠し通路は瓦礫で塞がってしまった。

ここは二階だ。

三階はリノンがすべて借り切ったが、二階には宿泊客がいる。

廊下に出てきた客たちは充満してくる煙とニオイ、外の様子を目にして、自分たちに何かが起こっているのか悟《さと》った。

パニックが起こり、宿泊客たちが一斉に階段へと走り出す。

ふたりがすれ違える程度の幅の階段にひとが集まり、すぐに詰まってしまう。

うしろから押され、階段から転げ落ちるひとが出てももはや、誰も気にしていない。無数に響き渡る悲鳴を上げているのが、自分か他人かの区別もつかないだろう。

ユーリはひとり三階へ昇ろうとしたが、人波に巻きこまれてしまう。

もがいて流れに逆らおうとしたが、無闇に他人の身体に触れれば、勇者の身体のコントロールが完璧じゃないユーリではケガをさせてしまうかもしれない。

「うぁぁぁぁ！」

泣き叫ぶ声とひとたちに巻きこまれるしかなかった。

混乱のなか、誰も勇者に気づかない。

勇者が此処に居るのに。

誰も助けを求めない。

かつて勇者だったユーリは、いまはもう勇者ではない。

「ボクにチカラがあれば……」

記憶を失くして、いまだ能力にも目覚めず。

ユーリは無気力にひとの渦に飲みこまれ、ついには宿の外にまで出てきてしまう。

そこではじめて宿の外観を見ることになった。

「そんな……」

三階フロアの一部が吹き飛んでしまっていた。

ほかの部屋からも火災が起きている。

「何が起きて……」

これが自分に降りかかったことなのか。

「ボクが〝勇者〟だから？」
こんなことになってしまったのか。
「ボクは〝勇者〟じゃないのに」
なにもできないのに。
リノンが腰に装着してくれたナイフに手をやる。
不安が押し寄せてくる。
恐怖と緊張感で足がすくんだ。
「…………っ」
息ができない。
いま息を吸いこんでいるのか、吐いてるのか？
判らなくなる。
呆然と燃える建物を見上げる。
そんなユーリの背後に迫る〝影〟があった。
その手には、指先に『針』を忍ばせている。
針には二メートルを超える巨体の獣《ケモノ》でも数分で死に至るほどの猛毒が塗ってある。
燃えさかる宿を見上げる群衆のなかを抜けて、ゆらりと近づいてくる。
誰もそれに気づかないし、気にもとめない。

ターゲット《勇者》は目前。

焦る必要はなかった。

一年もの間眠りつづけていた勇者は、チカラを完全に取り戻してない。との報告があった。

それでも細心の注意を払いながら背後から迫る。

本調子じゃないとはいえ、魔王を倒し英雄となった勇者だ。

「——それもここで『元』勇者になるんだけれどな」

ユーリに近づく影の正体は、国王の勇者候補たちのひとりだった。

少年のように短めの髪の毛をしているが少女だ。

さらに四人の候補の最後のひとりもこの群衆に紛《まぎ》れて潜《ひそ》んでいる。

もしものバックアップだけど、取り越し苦労に終わるだろう。

このちいさなちいさな針で、刺されたことも気づかずに勇者は命を落とす。

少女は最大まで近づいて、足もとに転がった建物の破片につまずく——フリをした。

よろけたフリをして、勇者に手を伸ばした。

あと十センチ。

あと五センチ。

あと一センチ。

「——さようなら勇者」

そう思った。

刹那。

「——何をしている！」

声が聞こえた。

何者かが少女の伸ばした手をつかんだ。

「おまえ、——勇者候補生か!?」

気づかれた。

とっさに少女はもう片方の手で顔を覆い隠した。

「アーロン、さん!?」

ユーリはようやく背後の喧騒に気づく。

自分のうしろに、アーロンが立っていた。

アーロンは、瓦礫の下敷きになった母親と息子を助けたあと、この場所へ駆けつけていた。

炎上する宿を見上げる、宿泊客や野次馬などの群衆のなかに、勇者の姿を見つけた。

声をかけようとしたそのとき、ユーリに近づく怪しい影に気がついた。

「なにしてるの、その子ダレ!?」

しかしユーリは、アーロンが見知らぬ少女の腕をつかんでいると思った。

アーロンさんって、悪いひとじゃないと思ってたのに!?

もちろん誤解だ。

「なにって判ってないのか？」

「え!?」

「こいつがいまおまえに何かしようとしてたんだぞ！」

「そのコが……あれ？　国王さまのところにいた!?」

「――チィッ！」

旗色が悪くなった少女は、アーロンの手を振りほどくと、ユーリに向かって踏みこんできた。

もう一度、針を持った手を伸ばす。

「ワッ!?」

少女の針が身体に触れる前に、ユーリは身体に衝撃を受けて尻餅をついた。

「トロいぞ、おまえ！」

アーロンが言う。

直前にアーロンがユーリを突き飛ばしていた。

「邪魔をするな……！」

標的を一時的に切りかえて、少女はアーロンに針を突き立てた。

「お、おっと！」

アーロンはなんとかそれをかわす。

周囲にひとがいるせいで、少女の動きが制限されている。

能力がいちじるしく低下しているアーロンでもなんとかかわすことができてるが、このままではいずれ攻撃を受ける。

「おい、のんびりしてる場合か、立て！」

アーロンが尻餅をついていたユーリに呼びかけ、

「うん！」

ユーリはすぐさま立ち上がった。

「ひとまず、逃げるぞ！」

アーロンは群衆を利用して、紛れながら逃げようとした。

しかし、

「――え？」

「なんて……!?」

ユーリとアーロンは信じられないものを目の当たりにした。

その場にいた群衆――街のひとたちが糸を切られた操《あやつ》り人形《にんぎょう》のように、つぎからつぎへバタバタと倒れていく。

「魔力を持たない下級な者にはよく効くなあ」

ユーリたちからすこし離れた場所に、白髪の少年が立っていた。

その手に直径五センチほどの球体が握られていた。

ぼんやりと蒼《あお》と白に点滅している。

「クソ、法具か」

アーロンは舌打ちした。

もうひとり仲間がいたことに気づけなかった。

法具の効果は何なのか判らない。

しかしアーロンは眩暈のようなものを感じた。

「魔力を持たない者、魔力が弱い者の意識を混濁させる法具さ」

膝から崩れそうになるアーロンに、白髪の少年が近寄ってきた。

「ああ、国王付騎士団特別任務騎士隊特化任務長殿でしたか」

アーロンを見下ろし、白髪の少年は、少女と肩を並べた。

「俺のクソ長ったらしい肩書きがすらすら言えるなんてガキにしては感心だな」

つよがりを吐きながら、アーロンは立ち上がる。

頭を振って眩暈を取り払おうとした。

「ったく、背格好も陰気な雰囲気もよく似たふたりだな、おまえら。なあ、勇者殿もそう思うよなあ」

勇者に同意を求めるアーロンだった。

が、返事がない。

「お、おいどうした!?」

見れば、地面にユーリが寝っ転がっていた。

白髪の少年が使用した法具の効果をモロに喰らった。

「これはケッサクじゃあないか」

白髪の少年が高笑いする。

「勇者さまは目覚めたばかりで、まだ本調子じゃないと耳にしたけれど」

少女も嘲《うす》ら笑いを浮かべた。

「まさかここまで弱体化していたとはね。これじゃ僕らには役不足だね」

「隠密部隊で十分だったみたいね」

勇者候補がたがいを見合って、こらえきれない笑いを噛み殺す。

「お、おい、勇者!　本調子じゃないってどういうことだ!?」

現在の勇者の状態を知らないアーロンは、ひたすら困惑していた。

世界を絶望に陥れた魔王を倒した勇者が、あの程度の法具を喰らって失神しかけている。

信じられない光景に、

「調子が悪いってんなら、いやマジで調子悪いにもほどがあるぞ!　これくらい能力が削られてる俺ですら平気なんだぞ!?」

アーロンは声を荒らげた。
法具の影響はアーロンにもある。
リノンに取り憑けられた緊箍児《きんこじ》がなければこれくらい屁でもなかったはずが。
「クソが！　あのイカレ女何処行った？　呪ってやる！」
奥歯を噛みしめて、地面を踏みしめる。
病的に勇者に心酔してるイカレ女ことリノンがいっしょにいないのはどういうことだ？
もう殺られたのか？
というかコイツら、マジで勇者を狙ってやがるんだとしたら。
国王もついにイカレたんだな。
「おい、勇者起きろ！」
この状況を自分なりに整理し解釈したアーロンは、勇者に呼びかける。
しかし、勇者はいなかった。
ユーリの意識は白濁していき、どんどん濁っていった。
真っ白い闇のなかに落ちていく感覚に、ユーリの意識は消え入り、ちいさくなった。

†

――ボクのせいだ。

――ボクなんかが〝勇者〟になろうと思ったから。

――ごめんなさい。みんな。

――ごめんなさい。アーロンさん。こんなことに巻きこんで。

――ごめんなさい。リノンさん。こんなボクに期待してくれたのに。

――ボクはもう、消える。

――消えたい。

――記憶を失くすって、自分を失うということだ。

――その記憶が大きすぎた。

――大きすぎるよ。背負いきれないよ。

――ボクには無理なんだ。

――だって、ボクは勇者なんかじゃない。

――三年って、すごく長い時間だね。

――勇者になって二年で世界を救って、一年は長い眠りに落ちて。

――十七歳のボクは、何処に行ってしまったんだろう。
――どうして消えてしまったんだろう。
――勇者のボクはどんなだっただろう。
――勇者としての二年の間、ボクは何を考え何を想い何を見てきたのか。
――とてもたのしい思いをした？
――そんなことないか、勇者ってこんなにも重い。
――じゃあ、たくさん嫌なモノを見てしまったんだね。
――きっと、たくさんつらい想いをしたんじゃない？
――だから、消えてしまったのかもしれない。
――ボクが弱いから。
――ボクじゃ、勇者なんて、世界を救うなんて、背負いきれないから。
――…………村が恋しい。
――なにもないけど、ボクの全部があった。
――父さんがいて、母さんがいて、友達がいて、やさしい村のひとたちがいて。
――ボクはあの場所で生きていくはずだった。
――ボクはどうしてこんなところにいるんだ。
――どうして。

――どうして。

――どうして。


深い意識のなかに沈んでいくと、やがて底にたどり着いた。

もしかすると底なんかじゃなくて、ただ、たゆたってるだけかもしれない。

「――どうして？」

誰かの声が聴こえた。

「ボクは、どうして……」

「――きみが決めるんだよ」

「え？」

「――きみが決めていいんだ」

「決めるって何を？」

「――どうして。どうして生きたいか」

「生きる」

「――そう。きみは生きてる」

「どうしていけばいい？」

「――それだよ。それを決めるのはきみなんだ」

「判らないよ、そんなこと」

「――じゃあ、決めなくていい」

「え、決めろっていま……」

「――決めないことを決めたっていい」

「無茶苦茶《むちゃくちゃ》だよ」

「――そう。そんなものさ」

「いい加減だよ」

「――そうかもしれないね」

「何も決められない」

「――どうして？」

「何をしても無駄だから。ボクは何もできない。何者にもなれないんだ」

「――どうして？」

「魔法も使えない。剣だってついこないだまで握ったこともなかったんだよ」

「――〝オレ〟だってそうだった。何もできなかったし、何者でもなかった。いまもそうかも」

「それなのに、ボクに何をしろっていうの？」

「――オレはキミに望まない」

「じゃあなんなの」

「——キミに生きてほしい」

「望んでるじゃないか」

「——そうだね。そうなんだよね」

「望みはそれだけ」

「——そう、それだけ。キミにはキミの人生を生きていってほしい」

意識が混ざり合う。

「ボクの、人生……」

「キミの生きる道はひとつじゃないはずだから」

「その目でみて、その心で感じて」

「何かを成せばいい」

「そのとき必ず、キミはキミだけのキミになる」

「そのときを〝ボク〟は望んでる」

「ボクもそれを期待してる」

「ボクは〝ボク〟に期待していいんだ」

「〝ボク〟はボクになろう」

「たぶん、きっと、そうなんだ」

「ボクはボクでしかない」

「勇者になれたかもしれない」
「勇者だったかもしれない」
「勇者になれるかもしれない」
「勇者になれないかもしれない」
「期待はない」
「期待もしない」
「望みはある」
「望みはあるさ」
「そのすこしの希望と望みとまぜまぜにしよう」
「そのすこしに期待しよう」
「だから、すこしだけチカラを貸すよ」
「きみがきみになるために」
「きみがきみを選べるように」
「すこしだけ」
「すこしだけ」
「じゃあ、また」

じゃあ、また。

〝いつか〟で逢おう。

†

「──あっけないなぁ」

白髪の少年がユーリを見下ろしていた。

「つまらなくていいよ。こんなものは」

もうひとりの少女は、ユーリの顔を覗きこみ笑った。

「待てよ、ヤラせねぇぞ」

声を張り上げる。アーロンは、もうボロボロだった。

意識のないユーリの前に立ち塞がって、もうすでに何度も勇者候補生たちの攻撃を受けた。

候補生たちは、いたぶるようにじわじわとアーロンの気力と体力を削っていく。

それでもアーロンは立ちつづけた。

ユーリの前に。

「もういいかな？」

「いい加減うざったくなってきた」

「ぐぶぉぉぉぉぉぉぅ！」

候補生の攻撃を顔面と胴体に同時にくらい、アーロンは吹き飛んだ。

意識のないひとたちを巻きこまないようにしたが、勢いが殺せず数人を引きずってようやくアーロンは止まった。

「息するのもつれぇ」

肋骨が折れたか、そのせいで肺に違和感がある。

「すまない、みんな……！」

アーロンは巻きこんでしまったひとたちに詫びる。

そして、立ち上がる。

が、すぐにバランスを崩して、倒れこんでしまった。

「あらあら、法具でいちじるしく能力が低下しているわりにはよくやったよー」

離れたところでもがくアーロンに少女が呼びかける。

「うるせぇ、胸糞《むなくそ》悪い国王の狗たちがきゃんきゃん吠えやがって……」

うめきながらアーロンは手を伸ばした。

その先に、剣があった。

アーロンはその剣に覚えがあった。

勇者が結局抜くどころか手にもしなかった、国王から与えられた調度品のような剣だ。

部屋が爆発で吹き飛ばされたときに、外へ投げ出されたんだろう。

「クソだせぇ、代物だなあ」

アーロンは剣をつかんだ。

鞘に収まった剣を地面に突き立て、支えのようにして立ち上がる。

「こんなのでもあるだけ、マシか……！」

剣を引き抜く。

美しい刀身が闇夜に光を反射して妖《あや》しく輝く。

「あらあら、まだやる？」

「ハア、だからもういいって」

あきれ顔の勇者候補生ふたりは、手に短刀をかまえた。

「終わり終わり、終わりだね」

「遊びはしゅーりょー。ってことで」

ふたりが駆け出す。

一気にアーロンとの距離が縮まる。

「――おまえら巫山戯んな！」

アーロンが吠え、ふたりの短刀を剣で受け止めた。

うっすらとした意識のなか、ユーリは目を開けた。
建物から黒煙が上がってるせいで、空も星も何も見えなかった。
ユーリは身体に力をこめる。
ぐっと。
そうしたら、左手が腰のナイフの柄を握っているのに気がついた。
ユーリはそれを引き抜こうとする。
「……抜けない……」
鍵がかかってるみたいにまるで抜けなかった。
それで思い出す。
リノンが言っていた——勇者が『鍵』の魔法を使うという話を。
「鍵……か」
頭がぼんやりする。
目を閉じる。
ふと、イメージが脳裏に浮かんできた。
それは小屋を閉じておくようなちいさな巾着錠だった。
イメージのなかでユーリは手に鍵を持っている。

ただし、その鍵はとにかく膨大で束になっていた。
そのなかから巾着錠に合う鍵を捜すのは至難だ。
だけど、なんとなく、
「コレだ」
と思った。
一本、束のなかから鍵を選んだ。
バカみたいにシンプルな鍵だ。
なんの飾り気もない。ただの鍵。
鍵を巾着錠の穴に差しこむ。
抵抗なくするすると鍵穴に刺さる。
「えい」
鍵を廻す。

——ガチャン。

鍵のサイズのわりに、大きな音がした。
鍵の開く音だった。

——ガチャン。


途端、ユーリの意識ははっきりとなる。

「——んん!?」

身体を起こす。

と手にナイフを持っていた。

腰の鞘から引き抜かれてる。

ナイフをまじまじ見ていると、視界がぼやけてるように見えた。

何だかよく判らない。

判らないけど、

「やらなきゃならないことをやらなきゃ」

ユーリはナイフを握りしめた。

視線の先に、ふたりの勇者候補生に押され気味というか、押されすぎてるアーロンが孤軍奮闘中だ。

「よし!」

ユーリは地面を蹴った。

瞬間、ユーリはアーロンと勇者候補のふたりの間に割って入った。

ユーリはナイフを振るい、ふたりのナイフをはじき返す。

「――なっ！」

白髪の少年が後方へ退避する。

「アーロンさん、無事ですか!?」

ユーリは、いろいろ忘れて思わず敬語で喋ってしまう。

ヘロヘロのアーロンはそれとは気づかず、

「勇者のくせに遅いんだよ……！」

つよがって難癖《なんくせ》つける。

「すみません。もう大丈夫です。――たぶん！」

ユーリは再び地面を蹴った。

「つた、たぶんて、本当に大丈夫か？」

頼りないユーリの態度に不安しかなかったアーロン。だったが、

「なんだ、いきなり!?」

ユーリの勢いに押される勇者候補たち。

「いきなりでごめんね！　ボクもよく判ってない！」

正直に言って、しかしユーリはふたりの攻撃を的確にかわし、さらに、

「よっ、はっ、っと……！」

ユーリが勇者候補のふたりに、手のひらをかざすと、

「――ぐぁぁぁぁあっ!?」

「――ぁぁぁぁぁぁっ!?」

ふたりが見えない何かにブン撲られたようにブッ飛んだ。

「詠唱なし!?」

「法具じゃない!?」

「いや、それらしいモノは持ってなかったぞ!?」

「じゃあ、これが噂に聞く。――勇者の魔法!!」

勇者だけが使うことができる特別な魔法。

「ああ、これがそうなのか。なるほど、じゃあこういうことか」

今度は、ユーリは開いた手を握る。

空間をつかむようなイメージだった。

と、ふたりが身動きを止めた。というよりも、

「なんだ!?」

「動きが!?」

「呪縛《じゅばく》魔法か！」

「こんなものは！」

魔力をはじき返そうともがくふたりだが、まるでうまくいかなかった。

「何故だ!?」

「ま、魔法じゃないの……!?」

勇者候補たちは、特殊な訓練を受けてきた。

それは『勇者』を名乗るにふさわしい能力を身に付けるためだ。

たとえば、能力を下げたり、能力を付与させない、いまみたいに身体の自由を奪う呪縛の魔法に、魔力をぶつけて打ち破る方法などだ。

しかし、それを応用してもまるで手応えがない。

魔力が魔力に干渉しない。

「ごめん。オレもいまいちなんだ」

身動きのできないふたりにユーリが近づいていく。

逆手にナイフを持って。

「ま、待って！」

「僕たちは国王陛下の命を受けているだけだ！」

「あんたも勇者なら判るだろう?」

「勇者も勇者候補も、国王の手足となって働く駒《こま》だってこと」

圧倒的な能力差を感じ取った勇者候補生たちは震え上がっていた。

本能がユーリを恐れている。

得体《えたい》の知れないチカラだった。

詠唱なく、目にも見えない魔法。

魔力を持つモノは、魔力によって成される物事を可視化できる能力がある。

しかし勇者の《魔法》はそれを凌駕していった。

「ごめん」

ユーリはふたりに対し何故か謝った。

「悪いんだけど、こんなことは赦《ゆる》せないんだ」

にっこりとユーリは微笑んだが、その目は笑ってなかった。

刹那。

ユーリはナイフを振るった。

目には見えない何かが、ナイフの刀身以上のモノを発生させ、身動きできない候補生を切り刻んだ。

衣服ごと肉が裂け、骨が断たれる感覚と音が脳に伝わってくる。

ふたりは泡を吹きながら失禁した。

気を失いその場に崩れ落ちた。

だけど、ふたりの身体に何処にも傷などない。

勇者の魔法だった。

自分が殺られるイメージを、直接脳にブチこんだ。

擬似的に自分が切り刻まれる感覚を体験した勇者候補生たちは、脳がそれを情報として処理しきれなくなり思考回路がショートし、気を失った。


それは、ユーリが〝勇者〟としての能力を――《鍵》を開いた瞬間だった。

そして、その瞬間、勝負は決していた。

だって、

「勇者さまですから」

三階建ての屋根の上で、それを見ていた彼女は笑った。

ひどく綺麗に笑ったんだった。

エピローグ『旅立ちのあとで。』
epilogue: i turned to look behind me

†

地味色の馬車が荒れた道を走っていく。

「記憶がない、だと……!?」

愕然《がくぜん》とした表情で、目の前にアーロンが座っている。

「はい、すみません。騙《だま》すようなことになってしまって……」

アーロンの対面に座るユーリは深々と頭を下げた。

十秒経っても二十秒、三十秒といつまで経っても頭を上げないユーリに、

「いいから、もう、いい。頭を上げろ」

アーロンが言った。

走る馬車のなかにユーリとアーロンはいた。

頭から足首まですっぽりローブで全身を覆って外見からは誰か判らないが、もちろん、御者台にはリノンがいて手綱を握っている。

車内の話は伝声管でリノンも聞いているし、話にも加わっている。

「くっそ、全然気づかなかったぞ……」

これまでのことを振り返ってみて、アーロンは臍《ほぞ》を噛む。

「そもそも勇者は田舎者で変わり者だったし、何考えてるか判らないヤツなんだよ。いまのおまえが多少記憶がないからってその言動の不自然さに気づけってのは無理だろ？」

「ぼ、ボクに訊かれても……」

「それだそれ、前は『オレ』って言ってた？　いまは『ボク』って？　そんなの気づくワケないだろ？」

「だから、ボクに訊かれても」

『――騎士さまがおとぼけ人間でよかったですね。勇者さま』

伝声管からリノンの声が聞こえる。

「ウザいんだよ雌狐！　おまえのことはまだ許してないからな!?　国王の狗から勇者の狗になっただけだろ!?」

伝声管に向かってアーロンが吠える。

『狗か狐か、どちらでしょう？』

「ウルサイ、イカレ女！　おまえらのせいで、俺も立派な逃亡者の一味だ!!　あの魔王を倒した勇者パーティがなんでこんなことに……!?」

アーロンがぐったりと座席にもたれかかった。

「すみません……」

あらためて、頭を下げるユーリに、

「もういいさ、勇者は勇者の役目を果たしただけだろ？　あの場で、ああすることが人を助けることが勇者のやるべきことだ」

アーロンが言う。

『そうですよ。勇者さまが謝ることではありません』

伝声管からリノンの声がする。

「いや、おまえは謝れよ、俺に」

『遅かれ早かれ、国王は勇者であるユーリ・オウルガの存在を排除しようとする考えに至ったでしょう。それが自分の考えか、誰かの入れ知恵かは判りませんけど』

アーロンを無視してリノンが言った。

「今回、王都に行ったのはそれを確かめるため？」

ユーリが訊ねる。

『それもあります』

「それもってことはほかにも？」

『ええ。しかし、結果こういう状況になりましたし、』

「ボクがあの勇者候補のひとたちに反撃しちゃったせいだよねぇ」

あの夜、勇者のチカラに覚醒したユーリは、勇者候補生たちを退《しりぞ》けることに成功した。

「というか、アレ、どうやってんだ、勇者?」

アーロンが訊いてきた。

「魔法ですか? それが、ボクにもよく判らなくて……とっさに」

「んー、無詠唱で感知できない魔法かぁ、久々に目の当たりにしたがエグかったな。さすが勇者というか、候補生ら初見《アイツ》で相当面食らってたぞ。まあ、だからこうして逃げられたんだがな。逃げるっていうか、勇気ある撤退《てったい》だな」

勇者の特別な魔法にやや興奮気味にアーロンが言う。

「それが、その……どうやったかは、さっぱり……」

としかしユーリは髪の毛を手でかいた。

ユーリは自分がどうやってどうしたら勇者の特別な《魔法》を発動したのか覚えてなかった。

これで完全な勇者というわけじゃなく、一時《いっとき》の覚醒だったらしい。

残念ながら、失くした勇者だった二年間の記憶もまるで戻ってきてない。

『大丈夫です。《魔法》が使えた。ということが大きな進歩です。一度使えたんですから、また自由に操れるようになります、きっと』

「なんで、おまえが自信満々なんだよ」

アーロンがツッコむ。

『わたしは勇者さまを信じてますから』

「だからなんの自信だと言っている。というか。あのときおまえ何してた？　何処行ってた？　まさか勇者があのムカツク候補生をブチ倒すのをこっそり見てたんじゃないだろうな？　そういえば、めちゃくちゃタイミングよく馬車で駆けつけたろ、あのとき？」

あのときとは——ユーリが魔法で勇者候補生たちを一蹴《いっしゅう》した直後、リノンが馬車に乗ってその場に駆けつけたことを言っている。

「そんな。リノンさんは、ボクを助けるために身を挺《てい》して、」

「いや、おかしい。このイカレ女はあの密偵部隊の精鋭だ。あんな程度の兵隊相手に手こずるってのがおかしい」

フォローに入るユーリを黙らせ、アーロンは絶妙な疑問を呈《てい》す。

「そもそも、わざわざ国王に逢いに行かなきゃ、国王があんな強権発動して勇者を始末するなんて発想にならなかったんじゃないか？　いや、でもあれか勇者が覚醒したのは、候補生《クソガキ》どもに襲われたせいだし？　ん？　いやいやいやいやいやいや、まさか——全部、おまえが仕組んだんだろ!?」

最後は、半分ジョークだった。

『フフフ』

リノンはのんきに笑うだけ。

アーロンもユーリも、さすがに『ユーリを勇者にするために』リノンがそこまで仕組まないだろうと思っている。

そう思いたいというのもある。

「だけど、ボクを助けるためにアーロンさんまで巻きこんでしまって」

「勇者があんな雑魚《ざこ》ガキたちにボコボコにされてたんだぞ？　にわかに信じられず思わず、手が出ただけだ」

「す、すみません」

「謝るなって。俺だって騎士の端くれだ。人を助けるために戦うさ。それが国王だとしてもな」

アーロンは言う。

国王の密偵を相手に戦ったことで、アーロンもどさくさに勇者一味として認定された。

あの国王のことだから、公に『勇者が離反し背信行為を働いた！』とは吹聴《ふいちょう》しないだろう。

それをしたところで『世界を救った勇者がそんなことをするはずがない』と世間は思うだろうし。

よって、昨晩のように秘密裏に『刺客』を送りこんでくる可能性が高い。

勇者候補生たちも完全に敗れたワケじゃない。

勇者《ユーリ》の特別な《魔法》に面喰らって隙を作っただけだ。

『いまの勇者さまの状態では、候補生たちにもまだ敵わないでしょう』

それがリノンの判断。で、それがユーリの現状《いま》。

だからこそ、ユーリが作った隙を使い馬車でその場を離れた。

それから止まらず走りつづけて、いまは国境に向かっている。

「で、これからどうするつもりだ？」

アーロンが訊く。

「これから……これから、どうすればいいんだろ？」

ユーリにはさっぱり判らない。

『これから、〝魔法使い〟を捜そうと思います』

伝声管からリノンが言った。

『勇者さまとともに戦った魔法使いさま、およびその師にあたる大魔法使いさまならば、勇者さまに起こっていることが判るかもしれませんし。何か記憶を取り戻す方法を知っているかも、』

「俺のこの、クソ法具は!?」

リノンが言いかけた途中で、アーロンが割りこんできた。

アーロンに仕かけられた法具『緊箍児《きんこじ》』を造ったのは、魔法使い。

「あの魔法使いなら外せるんだろ!?」

伝声管に張りつくように呼びかける。

『そうですね、ついでに』

「ついでにじゃねえ！」

アーロンは涙目になって吠える。

しかし、

「じゃあ、アーロンさんとボクらの旅の目的は同じですね」

ユーリは言った。

緊箍児《きんこじ》のせいで、その能力は全盛期の半分にも達しないアーロンだが、昨晩の戦いを見れば騎士としての魂のようなモノは健在だ。

ユーリにとって、心強いことは間違いなかった。

「そういうことになるな。ということで、しばらくは面倒みてやるよ、勇者」

「はい、お願いします」

ペコリと頭を下げるユーリ。

「フハハ」

それを見ていきなり、アーロンが笑った。

「おまえ、やっぱ勇者なんだな。記憶を失くしても、前もそうやって誰かに頭を下げてるところを見たぞ」

「そ、そうなんですね。ハハ」

ユーリも釣られて笑った。

失くした過去の自分とちょっとだけいまの自分が繋がった。

「しっかし、おまえ本当にあいつを信頼していいのか？　イカレ女だぞ？」

とアーロンが小声でユーリに言う。

どんな小声でもたぶん、リノンには聞こえてるだろう。

そんなことは関係なく、ユーリは、

「うん」

うなずいた。

「勇者《ボク》よりも勇者のことを知ってますから。リノンさんは、ボクの大切な〝記憶〟なんです」

ユーリは言った。


勇者としては、全部失くしてしまったけれど。

こうして、また、ユーリは勇者として歩きはじめた。

いまは、揺れる馬車に乗っているけど。

†

御者台のリノンは、そっと伝声管の蓋を閉じた。

これで声は車内のふたりには聞こえない。

そもそも、リノンはふたりには聞こえない声で呟くことができた。

「フフフ、まだまだこれは最初の一歩、はじまりです。勇者さまが勇者さまであるために。必要なのは、なんでしょう？　わたしでしょうか、」

それとも、

「〝魔王〟の——復活。でしょうか？」


彼女は笑った。

ひどく綺麗に笑った。

初出
本書は書き下ろし作品です。

『記憶と記録。』あとがき。

はじめまして。

おひさしぶり。

ハセガワケイスケです。

†

記憶というのはとても曖昧《あいまい》で不確かなモノだと思うことが多々あります。

思い出したくない想い出がある日突然蘇《よみがえ》ってきたり。

うしろを歩いている友人に話しかけていたつもりが、振り返ると誰もいなくて。

しかもその話はあんまり他人に聴かれたくない恥ずかしい内容だったりすると、それを突然思い出してしまって、

「あぁあぁぁあぁあぁあぁぁぁ〜〜!!」

って叫び出したくなります。

大勢のひとの前でこっぴどく叱られたことや、駅の階段で滑って転んだのに何もなかったよ

うな顔でまた歩き出したときのことを思い出す度、

「ファー!!」

とため息が混じった奇妙な声を上げたくなります。


それなのに、大切な想い出を忘れてしまったりします。


例えば、最初に自分の作品が世に出たときのこと。

本屋さんに並ぶ自分の著作を見たときのこと。知らない誰かが、その著作を手に取ってくれたときのこと。

忘れないようにしようと思っていたのに、不意に心から抜け落ちていることに気づきます。

そして、あのときの感情はうまく思い出せないときがあって。

意識してしまうと大切な想い出が思い出せなくなってしまう。

だから、ひとは写真を撮ったり、動画を残したり、簡単なメモを書いたり、日記を書いたり、といろんな方法で『記録』を残します。

想い出を、『記憶』を思い出せるように。

また、記録するという『行為』が記憶されることで、記憶を心の記録にすることができる。

そうやって、また、思い出そうとする。

学生のとき、ボクはよく写真を撮ったり、動画を撮ったりしていました。

それを見返すかと言われれば、ほぼないです。

でも、写真や動画を撮った、撮るという行為をしたおかげで、何もせず、何も記録しなかったときよりも、その瞬間瞬間のことや、その場にいたひとのことや、匂いや時間や温度やそういった物をふと思い出すことができたりします。


記憶と記録。

記録はいまではデジタルが多くて、ただのデータかもしれません。

0と1でできたモノかもしれません。

だけど、ボクがこうして、こんなことを書いたという記憶は、文章となり本となった記録です。

いつか消えてしまうかもしれないけれど、
いつか、何処かで、誰かが、
「あー、そういえばあんな物語りを読んだなぁ」
と記憶が蘇るかもしれません。

そして、
あー、またなんか物語りが読みたいな、物語りに触れたいなぁ。
そんなふうに思ってもらえるかもしれません。

いつか、誰かの想い出になれますように。
いつか、誰かの記憶のはじっこにいられますように。
そんなことを願いつつ。

では、また。

某年某月某日某所にて

ハセガワケイスケ

あとがき

イラストレーターの縣と申します。
『さらば勇者だったキミのぜんぶ。』のイラストを担当させて頂きました。
魅力に富んだ3人の旅路を絵描くことができとても楽しかったです！

crew

presented by the cheerful monsters

written and composed by hasegawa*k-ske
arrangement by the cheerful monsters evolution of high mega cannon orchestra
art works by Wata
produced by Mikito Ueno (IIV)
co-produced by Takanari Aoki (IIV)
designed by Donut studio
executive produced by Naoko Oyama (IIV)
publication produced by Katsutomo Suzuki (IIV)
made by IIV
production by DWANGO
manufactured by KADOKAWA

thanks to
My Family and All The Rest of Lovely Boyfriends & Girlfriends

special thanks to YOU!!

alternative and progressive label by IIV (two-five)

for " your lovely world!! "

IIV

さらば勇者《ゆうしゃ》だったキミのぜんぶ。

GOODBYE, MY BRAVER

著　者　ハセガワケイスケ
イラスト　縣《わた》

2021年7月26日　初版発行

発行者　鈴木一智
発　行　株式会社ドワンゴ
〒104-0061
東京都中央区銀座4-12-15 歌舞伎座タワー
ⅡⅤ編集部：iiv_info@dwango.co.jp
ⅡⅤ公式サイト：https://twofive-iiv.jp/
ご質問等につきましては、ⅡⅤのメールアドレスまたはⅡⅤ公式サイト内「お問い合わせ」よりご連絡ください。
※内容によっては、お答えできない場合があります。
※サポートは日本国内のみとさせていただきます。
※Japanese text only
発　売　株式会社KADOKAWA
〒102-8177
東京都千代田区富士見2-13-3
https://www.kadokawa.co.jp/
書籍のご購入につきましては、KADOKAWA購入窓口0570-002-008(ナビダイヤル)にご連絡ください。
印刷・製本　株式会社暁印刷

ISBN978-4-04-893083-3　C0093
Printed in Japan